马国兴　王彦艳　主编

风铃鸟系列美文读物

雪化后是什么

文心出版社
·郑州·

图书在版编目(CIP)数据

雪化后是什么 / 马国兴,王彦艳主编. — 郑州 :
文心出版社,2016. 5(2023. 3 重印)
ISBN 978 - 7 - 5510 - 0863 - 1

Ⅰ. ①雪… Ⅱ. ①马… ②王… Ⅲ. ①小小说 - 小说
集 - 中国 - 当代 Ⅳ. ①I247. 8

中国版本图书馆 CIP 数据核字(2016)第 055181 号

出版社:文心出版社
　　　　(地址:郑州市郑东新区祥盛街 27 号　　邮政编码:450016)
发行单位:全国新华书店
承印单位:涿州汇美亿浓印刷有限公司
开本:700 毫米 × 960 毫米　　　1 / 16
印张:12
字数:150 千字
版次:2016 年 5 月第 1 版　　印次:2023 年 3 月第 4 次印刷

书号:ISBN 978 - 7 - 5510 - 0863 - 1　　　　定价:22. 60 元
如发现印装质量问题　请与印刷厂联系　电话:15711230955

目录
Contents

雪化后是什么

长途跋涉的苹果

○艾苓

晚上快十点了,接到梁晓星电话,他刚说了几句,我问:"你喝酒了?"

"老师,你怎么啥都知道?我确实喝了一点儿。"他说,"本来想等母亲节给你打电话,可我实在忍不住了。老师,我很想你。"

停了一会儿,他的声音有些潮湿:"老师,你跟我说的为人处世那些方法很好用,我现在挺好的,领导和同事对我都很好,他们还给我介绍女朋友呢。"

我说:"好,太好了。"

入学时间不长,他曾在写作课上讲述某个夜晚,他在县城读高中,心情特别郁闷,决定夜不归寝。他一个人漫无目的往郊外走,走啊走,走啊走,堆积在心里的郁闷在夜色中渐渐散去。

他很高很瘦,戴着眼镜,说话的时候看着黑板,旁若无人,好像那些话是说给黑板听的。

看着他的神态,我曾担心:这个诗人气质的寒门学子,会不会遭到同学排斥?

同学们用掌声回应了他的坦诚。

课下闲聊,他说想做家教,他最擅长的是数学,高考得了一百三十多分。时间不长,他就有了一份家教。

有篇散文屡屡提到灶糖,我说:"我不知道灶糖什么样,你们有谁知道吗?"

大家都摇头。他站起来说:"我知道,我老家有。"

他老家在渭南乡下,腊月二十三送灶王爷,要供灶糖。灶糖到底什么样,他描述了半天,我们还一头雾水。那时候,我们不像现在动不动就百度。

他说:"下学期我给你们带灶糖。"

第二学期他果然带来灶糖,给我带了两份,一份是富平县特产,一份是小镇特产。我这才知道,灶糖绥化也有,长条形,白色的大块头,快过年的时候有人露天叫卖,直接吆喝"大块糖",名字很简陋。

我说:"我一样留点儿,剩下的你分给同学吧。"

他说:"我已经分给他们了。"

他还说:"老师,这个寒假我特别高兴,解开家里一个大疙瘩。"

疙瘩什么时候有的,他不清楚。寒假里他问父亲:"为啥这些年不跟姑姑家来往?"

父亲说:"奶奶在的时候有过节,都是小事,没啥大事。"

他跟父亲说:"奶奶不在了,姑姑是咱最亲的人,咋能因为小事就不来往呢?"

父亲问:"你说咋办?"

他带了点儿东西去姑姑家,跟姑姑说:"要是我父母有啥对不住你的地方,我替他们跟你道歉,我是他们的儿子。"

父亲和姑姑都说他长大了,两家和好了。

我说:"这件事你做得太好了,好样的。"

他还说,从这个学期开始,他就不管家里要钱了,他要养活自己。两个姐姐在外打工,嫁的也是打工的,都不富裕。父母年纪越来越大,不能再从他们手里拿钱了。

我说："好，支持你。"家里有台破自行车，我让他推走，啥时候不能骑了，直接卖废品。

他的第一份家教的学生读高三，数学进步很快，考上理想大学，那家家长开始帮他介绍家教。朋友开办的教育机构需要老师，我推荐他过去，他干得也很出色。以前他找家教，现在各种家教找他。忙不过来，他就推荐同学去做。他在那家教育机构兼职很长时间，他说工资不多，但接受培训的机会多，学到很多东西。

他忙着打工，两个暑假都没回家。

"十一"长假期间，突然接到他电话："老师，我在家呢，我家苹果熟了，回去带给你吧。"

我说："太远了，不用了。"

他说："不行，我父母让我一定带给你。"

我强调："那就带三两个吧。"

他带回来的苹果不是三两个，而是一纸箱，怎么也得十几斤吧。苹果个头跟嘎啦果差不多，不像嘎啦果满面红光，只腮上带着淡淡红晕，吃起来不那么甜，唇齿间却回荡着清香之气。

不用问，我也能推测出这些苹果的一路跋涉。富平县城没有直达西安的火车，这些苹果从家里出发，坐自行车货架到镇上，换去富平的中巴，再换去西安的大巴。从西安到哈尔滨的火车只有一趟，半夜开车，行程三十三个小时零五分，这些苹果和他一样，坐三十多个小时硬座车厢。折腾到哈尔滨，还要转来绥化的火车，换公共汽车到学校，再换公共汽车来我家。

这些苹果我家吃了很长时间，来了客人，我也洗好端上。客人问："这是什么苹果？很特别。"

我说："渭南的苹果，学生家树上的。"

客人说:"怪不得。"

我儿子读高中,有一段时间非常懈怠。他知道了,交给我两个软皮本,说:"让你儿子看看吧,可能对他有用。"

那是他的大学日记,私密空间。为了唤醒另一个孩子的斗志,他把这个空间敞开了。

2012 年,梁晓星毕业。他曾回陕西找工作,没找到合适的。学校这边推荐他去大兴安岭一家国有单位试试,人家试用一个月,就跟他签了用人合同,同去的校友先后离开,他成为那家单位唯一的本科毕业生。

毕业前夕,我请他到家里吃饭,拿出我的看家本事炒了几个菜,因为是送行,我们都喝了点儿酒。

我传授过为人处世的方法吗? 不记得了。

冰 丫 头

○艾苓

一个女孩子，四岁没妈，在乡野间长大，她会长成什么样？有 N 种可能。

落到我面前的这位，是女侠。她叫董冰冰，2006 级文秘班的，朋友都叫她大冰，在我的手机联系人里，她叫冰丫头。

周末大家睡懒觉，她照常起床，打八份早餐，回到宿舍就叫早："孩子们，起床喽！快吃早饭，一人一份。"

大家说："求求你，让我们再睡会儿。"

女侠从不答应，动作稍迟，就上手胳肢了。

有天下课，她神秘兮兮问我："老师，我是不是漂亮了？"

我审视她，并无改变。

她龇牙笑："门牙变了。"

"坏了？"

"没有，原先的不好看，现在是烤瓷牙，花的钱是我打工赚的。"

那些"原住民"，我没丁点儿印象；如今面目一新，也没好看到哪儿。我说："如果事先征求意见，我不会同意的。"

她有些失望："真的吗？那我以后不瞎弄了。"

大一结束时，我跟女侠说："有机会当当班干部吧。"

她问:"为什么?"

我说:"学会从另一个角度看问题。"

大二,女侠当选团支书,见了我嘻嘻笑:"老师,我知道您为什么让我当班干部了,这可真不是人干的活。"

我也笑:"你身上有很多可贵的东西,还需要这样磨磨。"

有一天,我刚说下课,她立马站起来,语速很快:"系里有个通知,下午一点半,都得去图书馆一楼报告厅听讲座。"

有人问:"什么讲座?"

她说:"不知道,不去的扣综合测评分。"

每次看她硬邦邦的样子,都像看到当年的自己。我私下跟她说,她哈哈笑:"不会吧? 您多温柔啊。"

我泄露机密:"这都后来跟别人学的。"

她说:"那我也学着点儿。"

我问:"你喜欢别人强迫你做事吗?"

"当然不喜欢。"

"你通知大家听讲座,就是强迫性的,我听了都很不舒服。班级干部上传下达,有很多方式。比方说,提前了解讲座内容,把大家的兴趣勾起来,一样听讲座,感觉不一样。"

她说:"我试试吧。"

班上有个同学突发尿毒症,病情严重。她打电话时声音哽咽:"老师,我们得帮他,怎么帮呢?"

我说:"别着急,大家一起想办法。"

她眼皮浮肿,和同学在教室等我。

我们商定,班级同学先行捐款,再以全班同学的名义发起捐款倡议。

听说班级捐款时,她拿出三百块钱,第一个放进捐款箱。她在校外有份兼职,那至少是她月收入的一半。她起草的倡议书很感人,校报刊发后,中文系师生和其他院系学生先后捐款五万多。

大三那年,突然接到她电话:"老师,我在北京找到工作啦!"

我一时蒙住:"你怎么跑出去了?"

她说:"我跟系里请假了,想看看我能不能找到工作。这家公司招文秘,好几百人报名,就招一个,哪毕业的学生都有,我赢了。"

她说:"老师,你不是领着我们搞过公务员面试训练吗?面试的时候老有感觉了,一点儿不紧张。"

我说:"祝贺你!"

那是一家餐饮集团,总部在北京,她在那里工作了三个月。三个月后,集团业绩下滑,公司要调她去南方某地,她辞职了。

第二份工作是电话营销,煽惑别人给公司交加盟费。那套说辞,她一会儿就背下来,工作不累,业绩也不错。有一天,她看见一个农民来交加盟费,一下想起父亲,进卫生间就哭了。

哭罢,她给我打电话:"老师,加盟费要好几万,没啥实质东西,太坑人了。农民挣钱不容易,他得攒多少年?说不定都是借的呢。我不干了,我要回去上课,我要考研。"

回到学校后,她说想考北师大,我说:"好,你准备扒层皮吧,权当减肥了。"

她像模像样复习了几天,没影了。一问,在哈尔滨呢,在忙妹妹的事情。过些天又去了长春,说是高中同学病了。

我问她:"你还想考研吗?"

她说:"想。"

我说:"我看不像。"

她嘻嘻笑:"那怎么办?他们都需要我。"

不等进考场,我就知道考研结果。那年,她专业课成绩极高,英语打了二十九分。

第二年,她一边工作一边备考,顺利考取黑龙江大学,英语打了六十多分。

大三以后,她就能养活自己了。奶奶是"五七工",根据有关规定,需先缴纳一万多块钱,以后按月领取养老金。是否缴钱,家人意见不一,她跟同学妈妈借钱,为奶奶缴齐费用。

离校前夕,她要请我吃饭,说:"老师你放心吧,我打好几份工,外债马上就还清了。"

我说:"你还是来我家吧,尝尝我的手艺。"

那天,她穿了件天蓝色衬衫,显得她肤色略黑。这种颜色更像她内心的颜色,攫取阳光,也播撒阳光。

我们在少许酒意中聊过去,聊未来,聊我们各自经历的恋爱。

她问:"老师,我真像当年的您吗?"

我说:"不,你比我生猛。"

我们哈哈大笑。

喂，你！

○艾苓

"喂，你！"他手指着人家，"我想问一下，你怎么跑那么快？"

那是新闻班的新闻写作课。校运会刚刚结束，有两个男生打破多项纪录，我恰巧目睹他们场上的风采。多方联系后，我把他们请到课堂。这两位新闻人物都读大一，坐在前面有些拘谨。我的学生已经大三，和以往相比，这次采访他们格外放松。

提问的时候，他没站起来，手有所指，被指的新闻人物礼貌回答了他的提问。我坐在旁边，感觉羞愧。

不只他，还有几个学生，没站起来就发问了。

下课前，我要求学生好好梳理采访收获，根据采访提交作业，也要总结一下采访方面的不足。

下次课总结，有个学生说："我们的采访态度有问题，有些傲慢。"

我问："为什么？"

学生说："他们都是师弟。"

我要求他们假设："如果面对的是明星，是偶像，是相当级别的领导，你们将以什么样的态度提问？"

我问他们："采访的时候，我们是不是要看人下菜碟，不断调整心理高度？"

学生说:"您讲过,不管面对什么样的采访对象,我们都应该不卑不亢。"

我说:"上课前,我请两位新闻人物共进午餐,打捞到很多精彩细节,为什么你们没打捞到?你不卑不亢,敞开心扉,别人才可能对你敞开心扉。"

他一直没说话,有些心不在焉,不知他是否了解我的良苦用心。

每学期初,学校都会安排补考。有位同事气呼呼地跟我们说:"真是什么学生都有,昨天有个学生问我:'老师,你监考别那么严格行不行?'我说:'不行。'他说:'学校给你开多少工资?我给你开!'也不知道他是官二代还是富二代,口气那个大,气死我了。"

我打听学生姓名,是他。怎么是他?难怪是他!

我向他的朋友了解情况。他的朋友说,他家境好,为人仗义,可他既不是官二代,也不算富二代。

有天碰见他,我把他叫到一旁,告诉他:"补考发生的事,我很意外。补考本来就不光彩,想作弊还理直气壮,太丢人了。"

他说:"老师,我不是有意的,话赶话就赶到那儿了,我也后悔。"

我说:"后悔了,就要诚恳道歉。"

他说:"我一定道歉。"

他毕业多年,我们从未联系,不知道离校前他是否道歉。

树叶绿的时候下了场雪

○高海涛

这事说起来，应该是 15 年前了。那时我二十多岁。

我高中毕业后，就被要到了县文化馆创作组，之后，我的小说经常在多家公开发行的刊物上发表，像《青春》《作家》《时代文学》等。第三年，市报调我去当副刊编辑。去市里报到的那天，应该是刚过了中秋节的 10 月初，树叶还都是绿绿的。

就在我准备去汽车站的时候，张国中来了："怎么样，我有车了吧！"

没等我说什么，张国中已把我的被卷、脸盆什么的一股脑儿地放进了那辆破五十铃里，然后，又把我拉上车。一踩油门，车就向市里的方向奔去。

我问："你的车?"那时候私家车还不多。

张国中看了看我，皱起了眉头："这破车，离我的梦想远了去了。"其实我的问话里没有一丝对这辆破车的蔑视。

车，突然停在了一个小农药店前，张国中说："等我一下。"然后，他关了车门，向小店走去。很小的门面，店里有一顾客，张国中再进去后，屁股都掉不过来。他费了很大劲，搬出一个很沉的、装农药的纸箱，打开车门，在我面前。两套书，精装本的《鲁迅全集》和《傅雷译文集》。

"听说你调到市里,进货的时候顺便买给你的。是不是很有用?平时,经常在各地书亭里的刊物上见到你的名字,想去找你,又怕耽误你的时间。"

"你怎么知道我调动的事?"

"小县城里谁不知道?"说着话,破五十铃就上了104国道。透过车窗,可以看到国道两边高高耸立的白杨树,叶子绿绿的。

认识张国中,是我高中要毕业的时候,《辽宁青年》上发表了我一篇名为《第一天》的小说。那么大一个学校,张国中硬是拿着那本杂志找到了我,说,他是去年在这个学校毕业的,学习太糟,连参加高考的资格都没取得。看到我小说里一句话:"人永远都不要忘记自己第一天的创业梦想。"立马就崇拜上了我。他说他的梦想是有辆奔驰,看到我的《第一天》,突然明白了奔驰车得来的方法。

看到小说这样有用,更加坚定了我要成为一名大作家的梦想。

快到市里的时候,天,突然阴了下来。突然就下起了雪,很大的雪片。一会儿,白雪就落满绿树叶。反季节的风景就是绝美。雪落到地上,变成了水。看着看着,路上已是雨水横流了。这时,车,突然抛了锚。

看看表,天已近午。"先吃点饭吧,本来想到市里大饭店为你送行呢。"张国中说。

我们走进路边一个小小的涮羊肉店。一间小房。看得出,是三间房里最小的一间,通往另两间房门的白灰还是湿的,不是很白。

那时候,这种吃法是新兴的,我从来没有看到过。走南闯北的张国中也没有尝试过,他读"涮"为"刷"。老板是个与我们差不多岁数的年轻人,听到张国中读"刷",就纠正说,读"涮"。

老板教给我们怎么样吃。老板既是老板,又是厨师,又是服务员。

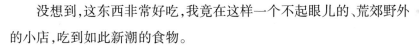

没想到，这东西非常好吃，我竟在这样一个不起眼儿的、荒郊野外的小店，吃到如此新潮的食物。

"呀，呀，呀！"张国中突然惊讶地叫了起来。张国中手指着涮羊肉店的墙。顺着他手指的方向，我看到一条横幅：人永远都不要忘记自己第一天的创业梦想。歪歪扭扭的字，看样子是老板自己写的。

老板告诉我们他是从《辽宁青年》上看到这句话的。当老板知道，我就是这句话的作者时，他简直要抱起我来了，说："你们是我的第一桌客人，没想到，没想到。"我们实在争不过老板，这顿饭就算老板请了。张国中的车，老板也找人给修好了。不过，老板让我在他那个条幅上签上我的名字。

时间过得太快。转眼就是15年后的今天。奔驰汽车销售公司总经理张国中，涮肉连锁店总店老板，还有我——报社广告部广告人，在一起涮肉。涮肉店的碗碗盘盘上都印着我签了字的那句歪歪扭扭的话。张国中每售出一辆奔驰车，都会赠给车主一条金钥匙链，金链是用18个环串起来的，每个环上一个字，串起来就是：人永远都不要忘记自己第一天的创业梦想。

我们三个人都喝醉了。他俩醉眼蒙眬地看着我，异口同声地说："是我们害了你，也害了我们自己。"我愣了，不知道他们在说什么。

他们接着说："我们不应该把广告代理权给你。"我更不知道他们在说什么了，以为他们在开玩笑。

他们哭了，放声地大哭："晚了，什么都晚了。你忘了你最初的作家梦想。我们忘了要的是你的精神产品的初衷。"

我似乎看到了那场雪，那场盖满了绿树叶的雪。

翡　翠

○高海涛

虽然还没下雪，可是冬天还是如期到来了。

我住在这座城市最高的一幢居民楼上，新开发的小高层，12层。尽管一楼开了一家小饭店，但不会骚扰到我这高阁之上。只有打开北窗，才能看到小饭店在人行道上弄出的许多细碎的冰，像是一片不大的积雪。小饭店十分冷清，有一段时间，附近那家科研所的几个实习生经常光顾，才显得热闹了一阵儿。

我又看到了那两只鸟。一只赤色，一只青色，好像一对亲昵的燕子。天都这样冷了，它们为什么还没有迁徙到南方？

那是今年最热的一天，来了朋友，我们坐电梯到楼下的小饭店就餐。饭店其实就是一个三室两厅的房子改造的，格局与我的12层一个样子，只是成了饭店后，却觉得大了许多，复杂了许多。我们挑了一张靠门的小条桌，桌子旁边有一台立式空调。其实不坐这里，冷清的小饭店里也很凉爽。人就是这样。

除了我们还有一桌，也是两个人，喝得有滋有味。他们大概也是这栋楼上的，那个胖子——后来才知他是老板，把一个大大的鸟笼放在小小的桌子上，占去了一半的地方。多亏他们只要了两碟小菜，桌上才有了放酒杯的地方。

一只鸟，四个人，除了偶尔的碰杯声，就只剩下空调旋转声了。"扑棱"一声，不知道从哪儿飞来了一只赤色的鸟，打破了宁静，那是一只人们极少见到的赤色的鸟。赤鸟从塑料门帘里掉到地上，几乎是滑倒的样子。这只鸟与笼中的鸟看上去是一个品种。赤鸟飞到能看到鸟笼里青鸟的窗外，停下，一动不动，直直地盯着笼中的青鸟。青鸟也用一种凄婉的眼神看着赤鸟。它们就这样，隔着一层厚厚的玻璃，默默地看着，看着，然后齐声鸣叫起来，似乎在哭诉久别重逢的话语。整栋楼里的人，听到的却是美妙的歌声。

从夏到秋，赤鸟总是去找青鸟，隔着一层厚厚的玻璃鸣唱。人们一靠近赤鸟，它就箭一般钻上天空。我经常在阳台上看到赤鸟，偶尔能近观，其余都是淡淡月光中的一个影子。深秋的一天，老板兴许出于好玩，关了店门，把青鸟放了出来。青鸟不知从哪里飞到了我的书房，书房南面就是阳台，整栋楼唯一的露天阳台，没封，我并不是为了省钱，而是为了满足我晚上坐在阳台上看月亮的习惯。

老板一定怕青鸟从我的阳台上飞跑，打来了电话，让我关上通往阳台的门，看到青鸟一定替他抓住。他说，这两只鸟看样子想结伴南迁，他还说，它们原来可能是一对，听说翠鸟雌性是赤色叫翡，雄性为青色称翠。

我一边接电话一边作思想斗争。是为人着想，抓鸟；还是为鸟着想，放鸟？人，是为了不让他的玩物跑掉；鸟呢，一定是为了伟大的爱情，为了它们的自由。我想，还是还给鸟爱情与自由吧，就像我能经常在阳台上看到月亮。

我刚拿定主意，妻子从外地出差回来了，手里还抓着那一赤一青两只鸟。

后来，妻子留下了那只赤鸟，青鸟还给了楼下。再后来，电视台来这家饭店拍了一部电视片——《神鸟》，为两只鸟编了一段浪漫的爱情故事。于是,整座城市的人都想看到这两只鸟。

因为有了这两只鸟,小饭店的生意开始火爆起来,不得不租下二层的房子。这时,老板出了5万元从妻子手里买走了赤鸟。于是,饭店的生意更火爆了,一下子租到了11层。一天,老板又到我们家谈租房事宜。妻子说,如果不是她捉住了鸟,饭店肯定不会这样火。于是,饭店老板答应一年给10万元租金。我不同意,可是我那在阳台上看月亮的小小愿望,却抵挡不住10万元的洪流。

开始时,两只鸟在笼子里表演节目,重复着一个鸟类爱情故事。后来,老板让它们在大厅里表演,而且是从一楼一直向上飞着表演,一直到11层。开始是关上窗子和门表演,有一天,一个客人开了一下窗子,结果一只鸟飞了出去,一会儿就飞回来了。老板想,一只鸟是飞不走的,因为它们分不开,就想出了一个新节目,让一只鸟飞到外面,表演窗里与窗外的爱情节目。

我的房子被租下了。楼道被打通时,两只鸟沿着楼道飞了上来,直接飞到了阳台,双双飞向了冬天的天空。等到老板去逮鸟,它们早就没了踪影。

我打开北窗,好像约定了似的,那两只鸟在饭店门前那块"雪地"上等我呢,好像与我道别。天,这样冷,它们还要南迁?路上将有怎样的磨难让它们承担?

这时,翡翠鸟已经双双起飞了,它们振飞的翅膀与从夏到冬的歌唱告诉我:人都被它们战胜了,何况严寒。

回望阳台,它们的身影早已消失在春节过后的阳光里了。

聪人听风

○高海涛

他是一聪人。

什么是聪人？就是耳朵好使的人，简称聪人。逆着风，他就能听到百米之外蚯蚓拱土之呢喃；隔着浪，他就能辨出深水的带鱼摇尾之啪啪；打着雷，他也能听到大雁落队后寻找雁队之哽咽。

有特殊才能的人往往懒得活动，聪人也不例外。这样一来，他就听懂了屋里屋外众多物件的说话了。

下过初夏的雨，放眼楼下，到处是树的不很饱满的绿。这种绿，让植物呈现出蓬勃生机。起风了，是这些树让聪人看到风的。聪人想，是树招来风，让风把自己的绿摇曳得更加饱满；还是风害怕这些嫩绿禁不住太阳的强光，刮来一些坚强的黑色，进入柔嫩绿里？

不管是树招来的风，还是风找到的树，都是树之摇摆让聪人看到了风。

聪人就问树："是你招来的风？"

树说："不，只是我一动，大家都以为是我招来的风，你问问，你四周的窗户，风也经常找它，还有你住的楼房。"

窗户说："树说得对，如果你把我打开，风也会进屋来找你电脑前的蓝宝石、客厅里的米兰、鞋柜上的兰草。"

聪人打开窗户,风,果然找进来了,还找到聪人的头发、脸,甚至身上暴露着的汗毛。聪人突然关上了窗户,不让风来找屋子里的家什。聪人喜欢屋子里叶子们的嫩绿,不喜欢世故的黑绿。

茶几下的棉棒棒问:"聪人,你是看到的风,还是听到的风?"

聪人对"听"很敏感,心里说,"我聪人怎么会用眼睛看呢?"于是,肯定地回答棉棒棒道:"当然是听到的。"

棉棒棒坏坏一笑:"聪人,那我问你,风是什么样的声音?"没人问不要紧,棉棒棒这一问,聪人就回想,到底风是什么声音?聪人怎么也想不出来了。窗户一向与聪人要好,就让没关严的一条窗缝提醒他。聪人会心地笑了:"风声就像吹口哨,十分尖利。"

窗外的树说:"聪人,风声不是尖利哨声。是'哗啦啦'。不信,你打开窗子,好好听听,我身边的风最多。"

"不对,是'噗噗'之声。"一只高飞的风筝告诉大家,"我最知道风声了,没有风我就上不了天。高空的风声,最真实,与地上的声音不一样。地上的风声其实是楼房的声音、汽车奔驰的声音、尘土碰撞的声音、树叶摇摆的声音……"

聪人谁的话也不相信了,跑到楼下,站立在宽广的马路中间。听风。风是"呼呼"的声音。

风筝说:"不是,是'噗噗'。"

大家争论个不休,电脑前高高的蓝宝石,把嘴咧成叶子那么大,哈哈笑。

大家问:"你笑什么?"

蓝宝石说:"我想起了'盲人摸象'的故事。"

大家七嘴八舌地说:"可是我们的眼睛不瞎,耳朵也不聋,演绎不出'聋人听风',更演绎不出'盲人摸象'的故事。"

茶几里,沉默了多时的棉棒棒们,好像生了气,集体跳将出来,似电影里那密密麻麻的箭，"嗖嗖"地射进大家的耳朵里。

风停时，已近黄昏。窗外的大地上异常干净，只看到倒在地上的几棵树。

棉棒棒集合了。它们飞出了大家的耳朵，列队到茶几下休息。

一个棉棒棒问大家："这次你们知道风声是怎样的？"聪人支棱起耳朵听，又拉开窗户，还看着树，别说倒着的树，就是站着的树也没有告诉聪人，风是什么声音。

只有倒着的树上的树叶，残喘着说："棉棒棒堵了大家的耳朵后，风变着调，就朝我们来了，吹跑了风筝，弄断了我们好几棵树。似乎在说，它们没影也没声。"

聪人又跑到楼下，站在宽广的马路中间，等了半天，黄昏默不作声地走到他的面前。风，早已去得无影无踪。

小 过 年

○巩高峰

　　我真的不知道,这个世界上除了鞭炮,还有什么能让我如此开心。

　　其实也不完全是鞭炮了,是过年。小孩儿盼过年,只不过别的小孩儿盼的是新衣服和压岁钱,我盼的是鞭炮,还有猪肉白菜馅儿饺子。

　　在这一点上,小利和我是完全站在一边的。如果不是鞭炮,我和小利又怎么会好得不是亲兄弟却胜似亲兄弟呢? 鞭炮如果只是一个人玩,那乐死了都没人知道,暗爽而已。所以,这玩意儿需要分享,一起玩,才开心。

　　可惜的是,鞭炮只有过年才有,而我和小利的快乐,也就像花,积攒一年,在过年前后开放一次,为期三五天。

　　盼着盼着,年就到了。

　　我奶奶刨萝卜洗白菜,准备馅儿包饺子。我妈更忙,和了一盆又一盆面,要蒸几大筐馒头和包子。我姐也闲不了,大姐把家里能洗的全洗一遍;二姐把毛巾扎到头上大扫除,把笤帚绑到竹竿上,墙角的灰尘和蜘蛛网都要清除干净。天底下只有我这个年龄的小孩儿是闲的,我兜里揣着刚刚从我爸的抽屉里弄来的鞭炮,和小利在池塘边顺利会合。我俩会把一挂鞭炮一点一点解开,松散成一个一个的鞭炮,于是一挂鞭炮变成了几百个独立的小炮,欢乐也自然倍增,附在鞭炮上,点燃,爆炸。

鞭炮的玩法可太多了。点燃捻子,看着火光在手中哧哧后退,在爆炸前,可以往空中扔,火花四溅青烟飘散,树杈间的喜鹊被吓得从窝里出来呼啦啦乱飞。还可以往人家院子里扔,瞬间鸡飞狗跳,人仰马翻。也可以往水里扔,能在降落到水面的一瞬间在水面炸出一个水窝,才是最高水平。还可以把五六只鞭炮捻子搓到一起,用一个铁罐头盒子盖上,压上小石块,鞭炮爆炸的瞬间,小石块像离弦的箭,能飞出五米多高。

大年三十那天,吃了午饭,我和小利终于逮着了机会,用几个猪肉馅儿饺子骗来了村主任家那条全村最嚣张的狼狗。它贪婪地吃着饺子,我俩悄悄把事先连在一起的十来个又大又粗的大炸雷拴到它的尾巴上。它吧唧着嘴意犹未尽地吃完饺子,没走几步远,屁股上就连续十来声爆响。那条往日威风凛凛的狼狗吓得魂飞魄散,在村里狂跑了三圈,半疯了。

天黑之前我们又见着它一次,它认出了我和小利,却再也不敢像平时那样,竖着耳朵直着脖子在我们后面边追边狂吠,而是远远地就站住了,愣了片刻,忽然夹紧尾巴,低眉顺眼地往相反的方向边跑边回头看我们。

谁让它咬过我呢。那次和村主任的儿子大威打架,明明我要赢了,节骨眼上它蹿过来朝我就是一口,我的手指贴了三张火柴皮才止住血。很长一段时间,看到它我就觉得手指痛,早憋着主意等机会呢。今天,它看到我怕是就想发疯吧。

不过我也没占大便宜,当天晚上村主任老婆就到我家找我爸了。虽然是大年三十,我也没能躲过惩罚,村主任的老婆刚出我家门,我就挨了一顿结结实实地揍,屁股都肿了。他们边吃水饺边抽空扭头瞅我几眼,却没人敢劝我爸住手。

不过这种交换，我乐意。这些关于鞭炮的小悲喜，就是我的年。猪肉馅儿的饺子我可以不吃，但年我还是要过的，谁也剥夺不了我期待了三百多天，终于等来的机会。

大年初一，我和小利边按大人叮嘱的顺序给长辈们磕头拜年，边商量报仇的方法。

村主任家新盖的红砖瓦房，鲜艳夺目。来到他家屋后，我已经有了主意，我和小利的鞭炮全部绑在一起，能让村主任家的房子炸掉一角！让他们家过年吹西北风去吧！

我的想法让小利都跟着我一起兴奋。于是，我俩悄悄溜回家，搬来了所有的鞭炮，回来就按计划行事——把鞭炮塞到墙缝里，点，炸；再塞，再点，再炸。我们的鞭炮眼看用一半了，可是那座漂亮坚固的红砖瓦房纹丝不动，只是几个砖头缝里炸出了零星的水泥，离房子缺一角的远大目标明显差得太远。

我和小利开始觉得希望真是渺茫，而且也越来越为兜里渐渐变少的鞭炮心生不舍。也许，要换一个别的办法？

这次小利有了新主意。听说村主任家经常大鱼大肉，就像天天过年，那这个年就让他们吃得顺畅，拉得难受。

小利在我耳边还没说完计划，我俩已经笑瘫了。

心动不如行动，机会稍纵即逝，准备工作要做得神不知鬼不觉——我和小利把那个能飞五米的罐头盒子装满鞭炮用棍子捅到了村主任家厕所的便池里（里面的鞭炮用塑料纸裹了一层又一层，好防潮）。鞭炮的捻子接得长长的，逶迤着拖到了外面。然后，我们俩埋伏在旁边的玉米秆后，等待机会。

没多久，就见村主任提溜着裤腰摇摇晃晃地进了厕所。他明显又喝高了，从中午喝到太阳西下了，酒局还没散。我擦了两根火柴，确保点着了捻子。两分钟后，我和小利已经跑到我们的大本营——池塘边

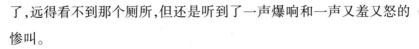

了,远得看不到那个厕所,但还是听到了一声爆响和一声又羞又怒的惨叫。

　　我和小利你看看我,我看看你,想着那个厕所里无比刺激的场面,我俩开始还捂着嘴,后来便笑得天翻地覆,在草丛中直打滚。

　　为了庆祝,我和小利把身上剩余的鞭炮都掏了出来,扯来一小堆干草,都点了。鞭炮在火堆里噼啪乱响,无比热闹。

　　之后,我和小利各自回家。我俩都有点心事重重,不是因为兜里没有了鞭炮,而是晚上一顿饱揍是跑不掉的了。想想,从三十到初一,真是足足挨了一年地揍啊。

小 失 恋

〇巩高峰

我和许嫚之间近到只有 10 厘米。

这样的机会一学期只有两次：一次是期中考试后，一次是期末考试后——班主任宣布名次，我们上台领奖。

迎面擦肩而过时，我确定许嫚抹的是雅霜，我闻出来了。我们男生抹的是印着一朵菊花的袋子里挤出来的雪花膏，没有牌子。而雅霜，高档了，老师才抹这个牌子呢，它的特点是不油不腻，清香持久。

第一名上台领了奖下来，第二名上去。

我终于可以正面瞄一眼新同学许嫚了，自从她转学过来，第一天开始就成为所有人的焦点。我张开鼻孔，拼命呼吸那股若有若无的清香。许嫚给了我一个明媚的微笑，嗯，每次这个时候她都会，我就是为这个来的。

第一名的奖品是一个立体的文具盒，外加一套十二个颜色的铅笔；第二名只是一个单层文具盒和一个白色封皮的笔记本。所以你明白了吧？第一名和第二名相遇时，许嫚那是胜利者的微笑啊。

在班主任鼓励而欣慰的眼神里，我抱着奖状和奖品屁颠屁颠地回到座位，心满意足地长出一口气，开始甜蜜地期待着下一次。其实谁都不知道，我每天偷偷地努力，只是为了考一个第二名。嗯，我就愿意考第二名。我要是重新变成了第一，谁知道那抹如朝霞般直达心底并温暖我半个学期的微笑会不会瞬间消失呢？也许变成白眼儿都不一定。

所以，我小心翼翼地努力着，为了每个学期那两次的如沐春风。

每次从讲台下来，我浑身都酥了，当然不是因为全班同学的羡慕忌妒恨，是许嫚。她的微笑里有小小的得意，也有稳坐钓鱼台的大气，毕竟人家之前是在县城读的书。但我知道，里面肯定也有友好，因为正是有我垫背，她才能班级第一，年级第一。

对于一个一直都是第二名的同学，许嫚有理由保持警戒，却又要时时示威，所以，许嫚从来不跟我说话；学校外遇见，她甚至装作和我不认识，头昂着，目不斜视，像一只骄傲的小白鹅。

她哪里知道呢，我喜欢她！

一年级下学期时她刚转来，我第一眼看见就喜欢上她了，如今都二年级下学期了，她还不知道。她也不知道，坐在她斜后方的我经常偷看她，白皙的脖子，偶尔晃动的马尾辫儿，像一幅画。

一年级放暑假那天，我躲在校门口的槐树后面，看着她的背影出神。那天，所有人都欢呼雀跃，我却黯然失落，七年来第一次知道惆怅的滋味。我在心里一遍一遍地感叹，这个假期该会有多慢长啊。

可是她不知道。

她只喜欢考试，因为那是她最出风头的时刻。她还喜欢上劳动课，那是她优秀表现的另一个战场。除此之外，所有的时间她都给我一个剪影，认真听讲，专心做题，连偶尔的回头都没有过。

犹豫了很久很久，我终于找到一个借口，用铅笔在她的椅背上敲了两下。她慢慢回头，满眼都是疑惑。

"能不能看看你的双层文具盒？"

她又轻轻笑了。

她的文具盒似乎也抹了雅霜,干净整洁、清香扑鼻,削好备用的铅笔有三支;橡皮有透明的、水果味的、动物形状的,共计四块。打开文具盒时,双层一道升起,上面印着的大象、老鼠、狮子似乎都在动,像一个动物园。

还文具盒给她的时候,我红着脸小声说了句谢谢。这是我跟她说的第二句话,因为不知道下一次在什么时候,所以心跳得生疼。

接下来,我只能在劳动课努力寻找机会。

那天我憋足劲儿要好好表现,所以班主任布置完任务刚走,我就往教室后面的工具那里冲。我是盯着扫帚去的,那是劳动课上最重的工具。扫帚到手,感觉比我想象的重很多,抬头才发现是因为另一只手也抓住了扫帚柄。

是许嫚。

我慌了,突然僵在那里,不会呼吸。

脑子里不知空了多久,听到嘎嘎一阵大笑,是大建的标志笑声,有取笑有讽刺又有看热闹的意思。发现目的达到,大家都在看他,大建还故作幽默打了个比方,这引起了哄堂大笑。就这一句话,把我惹恼了,脑子里瞬间金星乱冒,我转身从不知谁的课桌上摸过一把铅笔刀,架上了大建的脖子。

所有人都吓坏了,包括我自己。我朝着大建怒吼:"你敢再说一遍?!"

大建开始时还笑,感觉到刀锋的冰凉时,他又怕了,开始向我求饶。

教室里像漫画里的特写一样,都僵住了,谁也不敢说话,也不敢动我,直到班主任被叫来,把我拽到办公室训话。

"你竟然敢跟同学动刀子? 啊? 我不是吓唬你,往大了说这叫杀人未遂! 才小学二年级,你怎么这么凶? 从哪儿学的?"

我不吭声。

班主任发完了火,声调柔和下来:"大建到底说了什么,让你动了刀子?"

"他……他说……"

我脸憋得发烫,但是话说不出来。

班主任开始猜:"他说你们俩争功?"

我摇头。

"他说你们俩瞎积极?"

我还是摇头。

班主任又猜了几个,我汗都下来了。

"他说你们俩好了?"

我摇了摇头,又点了点头,猜到现在,这句话最接近。

"大建说,我们俩……手……拉手,像……像是要入洞房……"

班主任一愣,忽然仰起头哈哈大笑:"我还以为什么大不了的呢,就这个?"

我疑惑地看着班主任,不知道这有什么好笑的。

我对大建动刀子的事情在学校一下就轰动了,走红程度直逼登上校史的校长那位神童女儿,可是结果我们俩都没事儿,大建刚回到教室就又嬉皮笑脸起来;而我,既没被开除,连检讨都不用写。

但是没几天,许嫚转学了。

没人知道为什么。

知道许嫚转学的那天,我心里忽然有个什么东西倒了,砰的一声,碎了一地。

小 问 题

○巩高峰

在顺河边的几块大石头上,这一群战无不胜的将士,却从来没有面临过如此严峻的形势。

当然不是因为第二天就要开学了,他们愿意开学,甚至盼着。

他们刚刚分析讨论过一个问题,讨论最激烈的时候场面一度失控,谁也听不见谁在说什么,最后没办法,排队叫号,挨个说。说完了,大家集体闭嘴了,不知道再张开嘴该说什么。从春到夏,从秋到冬,这帮家伙在方圆几里地的村子对垒中冲锋陷阵,斗鸡、打卡、跳房子、扔瓦片、滚铁环、比弹弓,什么时候输过啊,现在完了,都被一个大人眼里的小问题打倒:自己是从哪里来的?

昨晚每个人回家后都问过父母了,今天一汇总,答案五花八门:别人给的,河边捡的,老树杈上掉下来的,刨地刨出来的,在树跟上摔鞋壳从鸟窝里震下来的,走亲戚时路边碰见的,河里洗菜时顺手捞上来的,家里小狗从外面叼回来的,别人欠钱抵债送来的,到鸡窝里拾鸡蛋时碰破了壳跳出来的……最倒霉的是柳颜儿,他妈说他是赶集时从街上的垃圾堆里拾到的——谁不知道顺河街上的垃圾堆又臭又脏,连狗都不去寻食。最幸运的是黑丫,她是她妈从胳肢窝里生出来的,她妈的胳肢窝里现在还有一条长疤。

问题严重啊！

就在昨天，他们还都理所当然地认定自己是父母亲生的，尽管他们对从哪里生、怎么生的从没计较过，可怎么能是捡来的呢？现在可好，除了黑丫，没一个是亲生的，难怪父母动起手来收拾那么随便，敢情是因为不是自己身上掉下来的肉。就算黑丫是她妈亲生的又怎么样，谁不知道她妈那胳肢窝有味，特别是夏天，离老远就得躲着走。从那么味儿的地方生出来，这亲生的也没啥光荣的！

大家都慌得手脚没处放。上树掏鸟窝？没劲。捉迷藏？没心情。下河摸鱼？没心思。偷几个西瓜？没那个闲情。就连最爱的去挑衅别村将士来一场斗鸡大战都毫无兴趣。

这可怎么办啊？

去找各自的亲爹亲妈？那现在的父母也不能告诉亲爹亲妈在哪里啊。再说了，就是他们肯说，可他们大部分都是捡来的，谁知道亲爹亲妈是谁呢？

这个傍晚，顺河村从来没有过这般宁静，村里平和得连大人们都不习惯了，平日里闹得鸡飞狗跳，不从中逮几个小头头来收拾一顿就一刻也不得安宁。可这个傍晚，各家的牛没有牵出去啃草，各家的猪没有最鲜嫩的猪草及时堵住哼唧哼唧要食的嘴，各家的狗没满世界撒野而是歪着脑袋在小主人身后杵着，各家的孩子以前天不黑透见不着人影，现在却都早早回院子里了，一进门不是叫饿，而是独自发呆，无精打采。

明天可就要开学了啊，怎么突然都蔫儿了呢？什么事儿啊？

纳凉的大人们在村头的大树下一合计，琢磨出来了，头天晚上这帮兔崽子无一例外问了个相同的问题：自己从哪儿来的。这事能说吗？听说老师们上课都不说。说得清楚吗？

可是这帮霜打的茄子，苗头不对啊。

再一商量,得,摸黑把老师请来吧。可不能大意了,这帮孩子,平日里就能把村子翻过来卷过去地闹,这要是心里疙瘩一结,没准憋屈出什么事儿来呢。

就算提前一晚开学吧,上个预习课。

老师的教具带得很齐,器官图,模型,《生理卫生》课本,甚至还有一块手提小黑板。

大人们统统避让,只有老师和学生,疑问和解惑。

于是,新鲜陌生的词语一串一串来了:男男女女,精子卵子,十月怀胎,一朝分娩……哦,原来自己竟然是由蝌蚪一点一点变的;原来每个人都是妈身上掉下来的肉,原来每个人都是头下脚上地来到这个世界……

黑丫她妈简直是个骗人精,胳肢窝又不是子宫,怎么能生黑丫呢,那不过只是个失败的腋臭手术疤痕……可是,又有谁的爹妈没有撒谎呢?这帮大人啊,说瞎话说顺了嘴,编故事编成了习惯,难怪没有人愿意跟大人们玩儿,太没意思了!

老师临走时被大人们团团围住,面对七嘴八舌的担忧,老师只能讪讪地笑着说,该讲的我都讲了,能讲的我也都讲了,这帮孩子……老师摇摇头,走了。

世界难道真是变啦,一帮孩子,胎毛还没褪净,忽然对这些大人的问题这么感兴趣,这可怎么得了。那明天要请医生来吗?还是像电视上说的,去县城找那个什么心理专家?

只能是一夜无眠啊!

第二天醒来,孩子们竟然早早就各自换上了最喜欢的新衣服,嚷嚷着要吃饭,昨晚上没心思吃,这个早晨他们简直要把锅也吞下去!

看着孩子们三五一伙地聚集着,对比新书包,展示着新球鞋,大人们揉了揉发红的眼睛,疑惑着问,昨晚老师的课给你们上得怎么样啊?

得到的回应是讥诮：跟你说你也不懂！

说完，他们像什么也没发生过一般，笑闹着跑远了，留下大人们一张张惊讶的大嘴。

小
问
题

关　爱

◎陈振林

初二(2)班,以"关爱"为主题的班会课正在举行。

"大家说说自己身边的关爱故事吧。"主持人班长小丁用自己的口才尽力地鼓励着班上的同学发言,因为这是一节公开课,听课的有包括学校白校长在内的领导。

先后有同学接过话筒,讲述着自己家中的关爱故事,让大家共同感受着一份份难得的深情。"还有谁来说?"小丁又说。

一个瘦瘦的女生站了起来,慢慢地。一接过话筒,她似乎要哭了起来。

"别激动,梅子。"小丁不失时机地安慰了一句。

"亲爱的同学们,我要说说我家的故事……"梅子开口说话了,"三年前,我爸就和我妈离婚了……我爸不要我,我被判给了妈妈……呜呜……"

梅子哭了起来。

"慢慢说。"小丁劝道。

"呜……这三年来,我和妈妈相依为命。妈妈为了我,选择了不再嫁。她没有正式工作,为了生活,她给人看过店子,自己推小车卖过夜餐,还捡过垃圾……呜呜呜呜……"梅子拼命哭了起来。

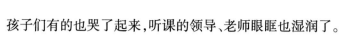

孩子们有的也哭了起来,听课的领导、老师眼眶也湿润了。

全校公开课评比,初二(2)班的"关爱"主题班会被评为优质课,将代表学校参加全市的班会课评比。学校政教处刘主任对这节班会课进行了点评,说这节课的亮点就是梅子同学的发言,到时候到市里上评比课时,若讲述时语速更慢一点,就更令人动情了。

一周后,初二(2)班代表学校在市里讲班会公开课。公开课上,梅子开始发言:"三年前……我爸妈就离婚了……爸爸不要我……呜……我被判给了妈妈……妈妈为了我,她没有再婚……呜……为了生活……她给人看过店子……推车卖过夜餐……还捡过垃圾……呜呜……"

听课评委落泪了。这节课在市里被评为一等奖第一名,初二(2)班将代表全市到省城去参加全省的班会课竞赛。市教育局张副局长建议:梅子发言时哭声能不能再大一点? 哭声再大一点,这节以"关爱"为主题的班会课,才更有说服力啊。

一个月之后,全省班会课竞赛活动在省城举行。白校长亲自带着学生上省城。又轮到梅子发言的时候,她先是一阵痛哭,然后逐字逐句地哭诉:三……年……前……我……爸……妈……就……离……婚……了……呜……呜……

梅子的这次发言花了近十分钟,在场听课的人无不潜然泪下。评委们给分都很高,有两个评委给出了满分。白校长欣喜不已,忙着给市教育局报喜,并电话安排学校政教处刘主任迅速组织人拉几条横幅,内容就是庆祝班会公开课在省里获大奖……

学校里横幅拉起来了,庆功宴也在最豪华的帝王酒家订好了。可是,白校长带着学生回来时,却耷拉着脑袋。

"为什么不是一等奖呢?"刘主任忙问。

"省里一位专家说,我们选题是'关爱',可是我们偏题了……"白校长有气无力地说。

　　"这怎么会偏题呢？这怎么会偏题呢……"刘主任困惑不已。这个问题，白校长昨天也想了一整个晚上。

妈妈是只什么鸟

○陈振林

秋日的太阳,正懒洋洋地照着村子里的这所学校。天边,有大雁正排成"人"字形向远方飞去。

学校里在上生物课,林老师正在讲鸟类迁徙的特点。林老师指着喜鹊的标本说:"像喜鹊、麻雀、乌鸦这样一些鸟,活动范围较小,终年生活在它们出生的区域里,不因季节变化而迁徙。这种鸟叫作留鸟……"

上课很少听讲的丁丁来了兴趣,歪着小脑袋,小嘴咬着钢笔,一副认真听讲的样子。

林老师又说:"还有一种鸟,像天鹅、野鸭、大雁,常在一个地方产卵、育雏,却飞到另一个地方去越冬,每年定时进行有规律的迁徙,这种鸟叫作候鸟。候鸟有冬候鸟和夏候鸟之分……"

突然,丁丁将黑黑的小手举得高高。林老师不得不中断了讲课,让丁丁发言。丁丁站了起来,从不发言的他鼓起勇气大声问道:"老师,我的妈妈是只什么鸟?"

哗,全班同学都笑了起来。

"你的妈妈是妈妈,她不是一只鸟啊。"林老师说。

"老师,丁丁妈妈的名字叫喜鹊,喜鹊就是留鸟。"有同学小声说。

"那名字叫喜鹊的人也不是鸟啊。"林老师又说。

又有同学举手说:"老师,我猜丁丁的意思应该是说他的妈妈像什么鸟,他的妈妈叫喜鹊,这名字像留鸟,但他的妈妈每年只是春节时回家一次,那他的妈妈就像候鸟了。"

林老师听了,连忙说:"同学之间可不能拿父母开这样的玩笑。人就是人,鸟就是鸟。"作为老师,他肯定不能随意地让学生评价同学的父母。

"丁丁同学,请坐下认真听讲。"林老师让丁丁坐下来。可是丁丁一动不动,眼眶红红的,像要哭出来一样。他没有坐下来:"老师,我想请你讲给我听,我的妈妈是只什么鸟?"林老师知道丁丁的性格很倔强,不回答这个问题他是不会坐下的。他也知道丁丁的家庭情况,爸爸得了肝癌,到了晚期了,妈妈在南方打工,每年回来一次,家中还有一个奶奶,七十多岁了。林老师就抚着丁丁瘦小的肩膀说:"丁丁,只是打个比方啊,你的妈妈像候鸟,每年会回来一次的。"

听了这话,丁丁用黑黑的小手擦了擦鼻子,堵住了就要下垂的鼻涕,然后咧开小嘴,笑了:"老师,我知道你会告诉我正确答案的。好啦,我知道了,我的妈妈每年回家一次,真好啊。"他高兴地坐了下来。

下午放学,丁丁一路小跑着回家,进了门就对着病床上的爸爸喊:"爸爸、爸爸,我的老师说了,妈妈像候鸟,她会每年回来一次的,她真的会每年回来一次的。"丁丁爸爸将丁丁搂进了怀里,他的脸上,早已经淌满了泪水。

第二天,林老师继续讲候鸟的特征:"鸟类的迁徙,往往是受到外界各种环境条件的变化而引起。每当冬季繁殖地区气温下降,日照缩短,食料减少,给鸟类生活带来不利,它们就飞到气候温暖和食物较丰富的南方越冬。但越冬地区不适于营巢和育雏,到第二年春天,它们又迁归故乡繁殖……"丁丁很认真地记着笔记,一个字一个字认真地抄着。他不知道爸爸是否懂得候鸟的这些特征，他想将笔记带回家让爸爸认真看看，因为他们家中也有一只候鸟一样的妈妈。

寒假到了，大雪纷飞。丁丁望着天边的野鸭，丁丁想妈妈。就要过年了，妈妈还没有飞回家来。

草长莺飞的春天来了，丁丁的妈妈还没有飞回来。

春季开学的第一天，丁丁挡住了林老师："老师，你讲错了，你不是说我的妈妈是候鸟吗？那她为什么去年没有回来，到今天还没有回来？"林老师的鼻子一酸，他早已知道，丁丁的妈妈已经和他爸爸离了婚，在南方已经有了另外一个新家庭。

"老师，你告诉我啊，我妈妈名字叫喜鹊，却不是留鸟。她是一年一回家的候鸟，可是现在，是候鸟的妈妈一年也不回家一次了，那，她究竟是一只什么鸟呢？"丁丁拉紧林老师的手说。

林老师的眼泪就流出来了，他将丁丁紧紧地拥在了怀中。他知道，他是回答不了丁丁的这个问题的。

成熟的美丽

○陈振林

　　夕阳挂在天边,洒下几抹亮色。天,渐渐地暗了下来。

　　他,走在大街上,有事无事地踢打一下脚下的小石子。他离开家已经三个多月了,他还没有找到自己想要的生活。身边走过一个又一个匆匆忙忙的人,有像他一样苦着脸的,也有微笑着的,他总是觉得一阵陌生。

　　一缕红色掠过他的眼前。

　　石榴!

　　他在心里喊。他不用细看,就知道那一定是石榴。他知道成熟的石榴皮色鲜红或粉红,闯入人的眼帘时,就像是一抹彩霞,或是一团火。那些石榴,常常会裂开,露出晶莹如宝石般的籽粒,酸甜多汁。

　　他的家乡,到处都种着石榴,每个人的每句话,都弥漫着石榴的味道。但是,他不喜欢石榴,不喜欢那种酸甜,只是吃过一次,倒是全给吐了出来。

　　他停住了脚步。

　　"小伙子,来两个石榴吧,"挑着石榴担子的一个瘦黑老汉开口了,"这石榴,作用可大了,酸酸甜甜的,营养丰富,维生素 C 含量比苹果、梨还要高出一两倍哩。"他五十多岁的样子,瘦黑的脸上满头大汗,汗水里流淌着笑。

他的目光盯在了那一个一个红红的石榴上,那露出的如宝石一样的籽粒,真像是一所学校的孩子们,争相露出自己的一张张的小脸,煞是可爱。他用手捋了下有点散乱的头发,对着瘦黑老汉笑着说:"但是,石榴吃多了会上火,并会让牙齿发黑啊。"

"那你来一个行不? 吃了这一个啊,你的工作就有了着落,你的女朋友就会主动送进你的怀抱。"老汉也笑着说,"不贵不贵,只是1元钱一斤,都是自家田地产的哟。"

他的手伸进了装着石榴的筐子,一个,两个,三个。他一下子拿了三个,放在了老汉的秤盘里。瘦黑老汉呵呵地笑着,又从筐子里拿了三个,试了试秤,就用袋子给装了:"小伙子,三斤四两,收你3元钱就行。"

他递过3元钱,接过了六个石榴。六个石榴紧紧地挨着,露着六张小脸样的笑。

他走开,又回头,看了看瘦黑汉子。

瘦黑汉子正看着他,倒像盯贼一样,死死地。

"老黑啊,你刚才是不是称错了,"一旁卖苹果的中年妇女说,"六个,怎么只有三斤多一点啊? 还有,石榴的价儿不是3元一斤吗?"

"呵呵,我就是想让这小子占点便宜,"瘦黑汉子回过神来笑着说,"我一看这小子,准还没找好工作,肯定还没女朋友,和我家的小子也差不离吧,我那小子,上半年就去了上海,打电话回来说,工作也没个影儿,唉……"

不远处,有人正在叫唤提着六个"笑脸"的他:"怎么了,小王? 工作不如意就想着买石榴来散心啊,你不是不吃石榴的吗? 嘿,还一下子买了六个?"

卖苹果的妇女和瘦黑汉子一齐转过头,听到他一句轻轻地话语:

"不多啊,买了慢慢吃吧,我在想,我乡下的爹,也正吃力地挑着装满石榴的担子在大街小巷叫卖,他的脸也一定是黑黑的……"

妇女的话就多了:"老黑,我考考你,石榴还有个好听的名字,你知道叫什么吗?"

瘦黑汉子摇了摇头。

"成熟的美丽。"妇女得意地大声说道。

雪化后是什么

○邱成立

"爸，你说，雪化后会变成什么？"上初一的儿子一进门就问我。

我用右手向上扶了扶滑到鼻尖的近视镜，看了看儿子。儿子一脸的沮丧，好像刚挨了老师的一顿批评。

我奇怪地问儿子："怎么啦，这么不高兴？"

儿子没有回答我的问题，儿子把自己的问题又重复了一遍："爸，你说，雪化后变成什么？"

"雪化后会变成什么？"我不知道儿子从哪儿弄来这么一个奇怪的问题。以前，儿子也经常向我请教一些问题，那都是些课本上的东西，根本难不住我这个专科毕业生。可今天的这个问题真是有点儿奇怪。

雪化后会变成什么？这怎么可能难住我上初一的儿子呢？雪化后变成水呀！

我说："雪化后，不是就变成水了嘛！"

儿子依然沮丧着脸，说："是啊，我也是这样回答老师的！"

"怎么？不对吗？"我感到奇怪极了，今天这事儿是怎么啦？

"不是不对。老师说这不是最好的答案。"儿子低着头回答。

"噢，老师说不是最好的！"我点了点头，若有所悟地说，"那也就是说,还有比这个更好的答案?"

儿子冲着我点了点头。

那,这个更好的答案是什么呢? 我和儿子一起陷入了深深的思索之中。

正想得入神,妻子在厨房里喊我:"水开了,快点儿提下来吧! 我这会儿腾不出手。"

我急忙冲进厨房,果然看见茶壶里的水咕嘟咕嘟直冒热气。热气聚得多了,把茶壶盖顶得一跳一跳的。妻子两只手上沾满了面疙瘩,急得直跺脚。

我把茶壶提下来的时候,又想起了一个答案,急忙兴冲冲地跑去告诉儿子:"雪化后,变成了水蒸气。"

儿子听完"噗"的一声笑了,说:"我们的班长就是这么说的。可老师说还不是最好的。"

那,什么答案才是最好的呢? 我和儿子又一次陷入了沉思。

我和儿子整整想了两天,也没想出那个所谓"最好"的答案。

一天中午,儿子兴冲冲地从隔壁跑了回来,一进门就激动地冲我直嚷嚷:"爸,我知道了,我知道了!"

我急忙从椅子上站起来,问儿子:"你知道了什么?"

儿子说:"雪化后,会变成什么?"

我的眼睛一亮:"会变成什么?"

"会变成春天!"儿子兴奋地说。

"唉,我怎么没……"我狠狠地拍了一下自己的脑袋,"谁告诉你的?"

"王叔叔的小儿子。"儿子指了指隔壁。

是他? 他才五岁呀! 他连小学都没有上呢! 他怎么会知道雪化后变成春天呢?

　　我看了看已上初一的儿子,又看了看教了几十年书的自己,想:"我们的教育是怎么啦?"

林 老 师

○邱成立

　　林老师的名字叫林克齐,一名普普通通的小学民办教师。

　　走在大街上,或者走在校园里,如果你看见一位高瘦高瘦的老头儿,一头雪白雪白的头发,一副极厚极厚的眼镜,不用问,那准是林老师! 林老师林老师,不管是学校领导还是同事,也不管是学生还是家长,一见面都是这么叫他。时间久了,林老师的名字倒渐渐地从大家的记忆里消失了。你到学校里打听林克齐是谁,大家也许会说不认识这个人;可你要到学校找林老师,谁都会极热情地把你领到林老师的办公室。

　　林老师是个好人,是个大好人哪!

　　过了年,我们的林老师就要光荣退休了。林老师辛辛苦苦教了一辈子书,也该歇一歇享享清福了。大家都这么说。

　　按照文件规定,退休前的教师若有一张县级以上政府颁发的奖状或者荣誉证,退休后就可以享受原工资 100% 的退休金。若没有,就只能享受 95% 的退休金了。该办手续的时候,校长对林老师说:"林老师,你把以前得的奖状和荣誉证找一找交到学校,学校好给你办理退休手续呀。"

　　林老师说:"荣誉证没有,奖状我有。以前我年年都得奖呢!"

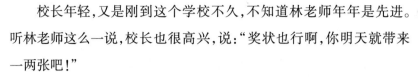

校长年轻，又是刚到这个学校不久，不知道林老师年年是先进。听林老师这么一说，校长也很高兴，说："奖状也行啊，你明天就带来一两张吧！"

林老师点了点头说："好，带两张。"

校长又说："要级别最高的！"

林老师又点了点头，说："好，要最高的。"

第二天一早，校长刚来到学校，见一个四十多岁的汉子站在校门口。那人看见校长就哭了起来，边哭边说："校长，我爸……我爸他昨天夜里去了！"

"去了"是我们这儿一种隐讳的说法，"去了"就是"死了"。

校长一听愣住了，仔细看了看眼前的汉子，虽然有点儿面熟，却实实在在不认识，就问那汉子："你是谁？你说谁去了？"

那汉子抬起头，满眼含着泪，说："我是林克齐的儿子呀！我爸脑出血，昨天夜里去了。"

"林克齐的儿子？"校长一时竟然想不起来"林克齐"是谁了。看了一会儿，校长忽然发现汉子的脸庞跟林老师的脸庞很像——怪不得看着面熟呢！校长猛地想起：林克齐不就是林老师嘛！想到这里，校长一把抓住了汉子的一只手，大声问："你说谁、谁去了？"

那汉子的眼泪唰地又流了下来，哽咽着说："我爸，林老师，去了！"

校长和那汉子来到林老师的家里，看见林老师在床上静静地躺着，一头雪白雪白的头发，只是没了那一副厚厚的近视镜。林老师的手里，握着一张已经发黄了的奖状。

林老师的儿子说："昨天晚上，我爸一回来，就站在凳子上揭墙上的奖状，一不留神摔了下来，再也没有站起来。送到医院，大夫说是脑出血，早已去了多时了！"说着说着，眼里又涌满了泪。

校长走上前去,从林老师的手里抽出了那张奖状,只见上面写着:"林克齐同志:在 1982 年度教育工作中成绩显著,被评为乡优秀教师。特发此状,以资鼓励。棋盘县白水乡人民政府。"

校长问林老师的儿子:"这就是林老师的最高荣誉吗?"

林老师的儿子点了点头,然后把年轻的校长领到了隔壁的屋子。只见一面墙上贴满了大大小小的奖状。校长一个一个地仔细看去,果然从林老师当上教师以来,每年都有一个。奖状有学校发的,有乡政府发的,还有几张是村里发的,却没有一张是县级以上政府颁发的。

校长的心里说不出是什么滋味,心里想:林老师辛辛苦苦干了一辈子,咋连个县级荣誉也没得到呢?

林老师的儿子说:"我爸是个乡聘教师,只有乡里承认,县里是根本不承认的。可我爸这辈子也没白活。"林老师的儿子说着,忽然用手指了指外面的院子,接着说,"因为他培养出了这么多的人!"

校长顺着汉子的手指向院子里一望,不禁呆住了。只见院子里满满当当地跪了一地。

校长看了看跪在院子里痛哭流涕的林老师的学生们,鼻子一酸,两行热泪夺眶而出。

甜　女

○邱成立

天还没亮，娘就起床了，在灶屋里烧火做饭，叮叮当当地忙个不停。甜女在隔壁屋里听见了，隔着窗户问："娘，你起那么早干啥呢？"娘说："做饭呗！"甜女也爬起床，边穿衣服边说："做这么早的饭干吗？"娘说："今儿个逢集，你爹不是让你去卖枣儿吗？"

甜女三下两下穿好衣服，推开门看看天，天黑黑的，一颗星星也没有。

娘说："你再去睡会儿吧，天还早呢。"

甜女没有回屋睡觉，端起脸盆打了一盆洗脸水，边洗边说："娘，你去不去呢？"娘摇摇头说："我不去，你爹让你自己去哩！"顿了顿，娘又说："你爹也是为你好哩！"

甜女点点头，说："我知道爹是想让我经受点儿磨炼！"

甜女高中刚毕业，没有考上大学，只好回家来了。开头儿那几天愁得不行，老想着上大学的事儿。饭吃不香，觉也睡不好，人越来越瘦。

娘看了心里难受，劝她说："妮儿啊，考不上就算了，愁也没有用，身子骨要紧哩！"爹也说："是哩，是哩！哪里的黄土都养人，考不上就不上了，老是吊在一棵树上还行？"

甜女听了,忽地想起临毕业时老校长说过的话"榜上无名,脚下有路",心情才开朗了一些。

甜女挎着满满一篮子红枣儿来到集市上的时候,太阳正从东方升起来,红彤彤的像小孩子的脸。甜女在卖瓜果的摊子中间找了一块空地方,轻轻地放下篮子,抬起头看看四周,没有发现一个熟人。

"卖枣儿!"甜女听见从对面传来一声清脆的叫卖声,觉得自己也应该喊一嗓子。可话到嘴边却又咽了回去,脸憋得通红通红的,鼻子上沁出了一层细细的汗粒儿。

太阳越升越高,照得大街上一片火热。甜女的那一声"卖枣儿"始终没有喊出口来。满满一篮子的红枣儿也还是好好地躺着,没有卖出去一个。甜女的心里急得不行,不住地想:要是娘在跟前就好了,要是娘在跟前就好了。

"这枣儿是卖的吗?"一个头发花白的老婆婆在甜女的篮子前蹲了下来。"是,是卖的!"甜女激动得满脸通红,连连点头。

称完了枣儿,老婆婆一边掏钱一边对甜女温和地说:"闺女,做小生意全靠一张嘴哩!哪能一声不吭呢?"

"嗯。"甜女感激地看了一眼老婆婆,心里说:这老婆婆真好。

老婆婆拿着红枣儿笑眯眯地走了。走了很远又扭回头,冲甜女慈祥地笑笑。甜女觉得心里热乎乎的。她突然觉得一点儿也不害怕了,便扯开喉咙亮亮地喊了一嗓子:"卖枣,卖枣儿——哩!"

声音甜甜的,脆脆的,传出老远老远。

学生张飞

○蔡呈书

　　高三最后一次模拟考试，吴老师监考第 21 考场。考生坐定后，吴老师便拿起讲台上那张考生座位表认真地核对。有一个学生名字叫作张飞，不知是哪一个调皮鬼在张飞名字后面注上了三个字——"字翼德"。吴老师看着，不觉扑哧一笑。

　　考试开始了，可一想到"字翼德"三个字，吴老师还是想笑。其实这个学生模样一点也不像张飞，一副娃娃脸上架着近视眼镜，透出几分秀气和稚气，他与其叫张飞还不如叫宝玉呢。也许他父母根本不懂得三国张飞这个著名人物，渴望儿子能展翅飞翔，于是便给儿子起了这个名；也许他的家长很崇拜张飞，他们期望儿子成为张飞一样的人物，于是把宝贝儿子叫作张飞；也许根本不关家长的事，是这个张飞自己管自己叫张飞。吴老师心里一直笑这个"字翼德"的学生。

　　吴老师就关注着张飞。第一科考的是语文，张飞很专注地答题。最后一个小时，张飞豆大的汗珠开始不停地往下滴。他咬住笔，前后左右张望。这是典型的作弊先兆。吴老师就用眼睛剜了他一下。张飞收到了吴老师刀一样的眼光，身体颤抖了一下，就低下了头。

　　离考试结束仅剩 40 分钟的时候，张飞一拍脑袋，突然就拿起笔飞快地写了起来。考试结束，张飞把试卷平整地放在桌子上，满脸喜色地走出了考场。

吴老师收卷时发现,张飞写的作文是《我为什么叫张飞》(考题规定以"我想飞"为话题作文),这引起了她的兴趣。张飞写道:他叫张飞,是因为想张开翅膀飞,想飞越时光隧道,追回他的温暖的家庭、美好的爱。由于第三者插足,爸爸抛弃了妈妈,妈妈一怒之下捅死了爸爸,妈妈犯了故意杀人罪……他想飞,飞到迷失的天堂把父亲找回,让他在母亲面前忏悔;他想飞,飞回绝望的母亲身边,抢回那把失去理智的杀人刀……文章写得情真意切,吴老师看着看着眼泪就不知不觉地流了下来。

评卷的时候,张飞的语文卷被判为 0 分,原因是,在作文卷中暴露了考生的真实姓名,属违规卷子。高考规定,考生不得在自己的卷子里泄露自己的姓名和所在学校名称。模拟考试严格依据高考的评卷标准。

模拟考试过后几天,吴老师发现张飞的班主任正和张飞在教学楼旁的树荫下谈话,旁边有一对夫妻样的中年人。怀着对张飞的同情和关注,她想提醒一下张飞,高考时千万别再犯同样的错误,这样的学生应该让他享受光明的前程。于是吴老师走了过去。班主任先介绍那妇女说,这是张飞的妈妈。又介绍那男子说,这是张飞的爸爸。

吴老师吃了一惊:"啊,这怎么可能?"

那中年妇女笑了:"我不像他妈妈吗?"

吴老师马上反应过来:"像像像,像极了。"

和吴老师握过手后,张飞妈就说开了:"这个张飞,不知道他怎么搞的,这次模拟考试总分跌落到了班上倒数第二名。我和他爸听说后,快急死了。马上就要高考了,你说急人不急人!老师,你说这该怎么办?"张飞妈妈流泪了。

吴老师的心"咯噔"了一下,很不是滋味。

"张飞,你的语文功底很好,可是你要注意考试的规则。"吴老师提醒张飞道。

"老师,这考试规则太多了,多到我们都不知道有什么规则了,所以就没注意。"张飞现出沮丧的神色。

"张飞,你作文写的那些内容从哪里来?"吴老师有点愤怒了。

"哦,在写作文时,思路一时闭塞,情急之中,忽然想到在网上看过的一个故事,我就一下子把它照搬过来了。老师,我的考试应急能力可以吧?"张飞得意地看着吴老师。

"你这样写……"吴老师本想说,"你这样写对得住这么爱你的爸妈吗?你怎么可以这样写!"但看着眼前这对望子成龙的父母,她最终没说出口。

张飞去送他的父母。临别,张飞情不自禁地拥抱了他的父母:"爸爸,妈妈,你们放心,我一定好好考试,相信我,我一定会考上名牌大学!"

望着这一家三口的背影,吴老师问班主任:"张飞这个学生怎么样?"

"一直都很优秀的一个学生啊!"班主任说。

别　名

○蔡呈书

　　一个差生不认得"槐"字，把英语老师贾槐喊成"贾鬼老师"。语文老师马鸣听后哈哈大笑：贾鬼？假鬼！鲁迅笔下的假洋鬼子，真是贴切不过，谁叫他整天把自己弄得洋不洋中不中的！从此，马鸣就管贾槐叫"贾鬼老师"。贾槐老师以牙还牙，在公众场合叫马鸣时则把他的"鸣"去掉了左边的"口"。两人这样叫来叫去，时间长了，就生出了别扭。

　　一天，马鸣要外出听课，可是第五节有他的课。他不想误学生，就想把这节课调到第一节上，上完课后再出发。查了一下课程表，第一节是贾槐的英语课。

　　马鸣犯难了。他不想和贾槐打交道，但不调课又会误了学生。马鸣想通过兽王出面和贾槐说一说。兽王是铁哥们儿，没说的！兽王本名王复庆，一次上级领导来检查工作，他自我介绍说，我是数学老师王复庆，简称"数王"。可他普通话不标准，把"数王"说成了"兽王"，"兽王"这名儿很快便在全校传开了。王复庆为此不仅不恼，反而哈哈大笑："百兽之王，这个别名好啊！"

　　马鸣把自己的意图给兽王说了，兽王却不买账："你想调课，直接跟贾鬼说一声不就得了，何必搞得这么复杂！"

"我不想跟贾鬼打交道!"马鸣心虚。

"屁大的事,也值得你记恨一辈子吗?再说,叫你马鸟又怎么样?不就多个别名嘛,有什么值得计较!还语文老师呢,你看,人家作家东西、鬼子,名字比你难听多了。"

"和这事无关。我就是不想和贾鬼打交道!求求你,帮一次忙!"马鸣求道。

"举手之劳,你完全可以做。我不帮!"可说归说,兽王还是打了贾槐的电话。

"马鸟想调课,让他自己跟我说,你掺和什么!"贾槐没好气。

"你就帮他一次忙吧,误了学生不好。"兽王替马鸣说情。

"我愿意帮他,但这马鸟必须尊重我,由他自己跟我说!"

"好吧,我叫他跟你商量,你们要好好说话。"

一天,贾槐有事请假,想和马鸣调一下课。贾槐不想和马鸣打交道,也让兽王出面和马鸣说一说。

兽王说:"你想调课,直接跟马鸟说一声就行了,何必搞得这么复杂!"

"我就是不想跟马鸟说话!"贾槐说。

"屁大的事,值得你们记恨一辈子吗?叫你贾鬼又怎么样?不就是多个别名嘛,何必这样计较!还洋文老师呢,外国不是有个名作家叫'摔碗踢死'(塞万提斯)吗?这名儿不比你的难听多了?"兽王不能理解。

"和这事无关。我就是不想和他说话!求求你,帮帮忙!"贾槐求道。

"举手之劳,你完全可以做。我不帮!"可说归说,兽王还是打了马鸣的电话。

"贾鬼想调课,让他自己跟我说,你掺和什么!"马鸣也没好气。

"你就帮他一次忙吧,误了学生不好。"兽王替贾槐说情。

"我愿意帮他,但他必须尊重我,他贾鬼想调课,由他自己跟我说!"

"好吧,我叫他跟你商量,你们要好好说话。"

又一天,轮到兽王公事出差,他也得调课。本来这事很简单,他只消跟马鸣或贾槐任意一人说一下就可,可是他想把这事搞得复杂一点。于是他分别给马鸣和贾槐打电话,叫他们来教研室商量点事。

"明天我想调节课,你们谁能帮我?"兽王看了看他们两个。

"我跟你调吧,哥们儿,有什么不好说的!"马鸣抢先发了话。

"我可以让一节课给你,铁哥们儿,没说的!"贾槐也很慷慨。

兽王拿来了课程表:"马鸟,你先过来。明天我是第三节课,我想和你马鸟的第一节对换,可是马鸟你第三节有别班的课,这样吧,马鸟你就上第二节,第三节再由贾鬼上英语课,这样大家都不误!"

马鸣狠狠地擂了兽王一拳:"你说话不要东鸟西鸟、东鬼西鬼好不好? 我叫马鸣,他叫贾槐!"

兽王还了马鸣一拳,指着他们两个:"你就是马鸟,你就是贾鬼!"

"你就是兽王!"马鸣、贾槐不约而同地指着兽王。

"对,我是兽王,百兽之王,我管你们!"兽王哈哈大笑起来,"不就个别名嘛,多个别名有什么不好!"

"哈哈哈!"三人都开心大笑起来,最后,三双手就握在一起了。

舞　龙

○蔡呈书

正月十一，宾州舞炮龙。

炮龙最大的看点，就是宾州人的勇敢。那舞龙人不顾严寒，个个赤膊上阵，任由猛烈的爆竹在自己身上炸响。

李承龙在仁兴街一直舞龙头。他的父亲当年就是宾州城里一个舞龙头的好手，为了鼓励儿子继承父亲的志向，就给儿子取名为"李承龙"。李承龙今年三十八岁，长得肥头大耳，膀阔腰圆，浑身有使不完的力气，舞起龙头"呼呼"风响，真个是生龙活虎。李承龙还有一个特长，就是不怕炮炸。舞龙头的人特别容易遭炮轰。因为放鞭炮的人总爱往龙头上炸炮，那炮炸得越多越响，就代表新的一年里做事越旺。别个舞龙头的人一夜下来，浑身灼痛，回去后得涂上一层药水，然后垫上芭蕉叶睡觉。而这李承龙却能任由鞭炮在他身上炸响，只当给他搔痒痒。

今年来宾州城观看炮龙的外地游客特别多，李承龙也特别兴奋，往他身上炸响的炮也就特别多。他光光的膀子上便满是红红的炮屑。

人们都爱追李承龙的龙头。宾州城的风俗，人们喜欢拔炮龙的龙须、揭炮龙的龙鳞。相传在炮龙节揭的龙鳞越多，新年的好运就越多，能拔到龙须的，则好运更旺。而今人们当然不迷信这个说法了，但还是喜欢做这个游戏。李承龙的龙舞得特别威风，所以能抢到猛龙的龙须或龙鳞，既好玩又刺激。但是想要拔李承龙的龙须、揭李承龙的龙鳞却不是那么容易的事情。你的手刚伸出，李承龙就会把龙忽地一转，钻到炸响的爆竹丛中。只有那些智勇双全的人才能抢到李承龙的龙须或龙鳞，所以人们喜欢以揭李承龙的龙鳞来测试自己的智勇。

吴大浩就喜欢玩这个游戏。吴大浩喜欢和李承龙斗。小时候，吴大浩就经常和李承龙掰手腕子，难分输赢。长大后，两人也还一直在较劲。在吴大浩看来，自己无疑是个赢家。他经常得意地开着自己漂亮的小轿车忽地从骑着破摩托车的李承龙身边擦过，然后长按一声喇叭，扬长而去。而李承龙只能在后面无奈地大叫一声："为富不仁！"

今晚，吴大浩决定要拔李承龙的龙须。"你这为富不仁的家伙，休想！"李承龙狠狠地骂着，故意挥舞着龙头从吴大浩的身边掠过，肆意地挑逗着吴大浩。

吴大浩受到激惹，跳将起来，手猛地往龙头抓去：我要把你的龙头拔下来，看你还神气不神气！李承龙却把龙头突然来个 180 度大转弯，龙就倏地飞舞到街道的另一边了。吴大浩扑了个空。

这时，李承龙看到了人群中有一双熟悉的忧郁的眼睛。李承龙就把龙头俯冲到那双眼睛的前面，并朝他拜了两拜："小沙子，精神点儿，拔根龙须回去，祝你今年好运！"李承龙朝着那双忧郁的眼睛大喊。

小沙子忧郁的眼睛里突然放出了一丝光亮，双手怯怯地拔了一根龙须。李承龙哈哈大笑起来，朝着那双眼睛大呼："小沙子，你成功了，你真棒！勇敢点，不要向生活低头，龙会给你带来好运！"说完，龙头呼地就往上扬，昂然地掠过了吴大浩的头顶。

吴大浩恼羞成怒，点燃一支烟花，"嗤"地向龙头射去。

龙头着火了。

李承龙就灿烂地舞动着这条火龙,轰轰烈烈地舞到只剩下几条筋骨⋯⋯

舞

龙

梅花玉

○非花非雾

深山藏奇宝。茫茫青凉山的梅花岭出产一种黑地红花的玉石——梅花玉。

梅花镇建在进山之路的咽喉上,梅宝成的梅家客店正在咽喉口。

梅宝成的女儿梅玲珑听着山道上的马嘶声,和屋前的梅树一起长大,出落得梅花映雪,光彩照人。玲珑不仅针线女红娴熟,还上过"国民小学",识文断字。厚厚一本账册,拿算盘一划拉,是赢是亏,分毫不差。

梅掌柜只此一女,渐渐地,柜台一应事务就交给了她。

有个年轻的"南蛮子",常在春暖花开的时候,从南方来,在店里落一落脚,便进山去了。大雪封山前,携了沉甸甸的包袱,搭马车从山里返回,又在店里落一落脚,便回南方了。

梅家父女是实诚人,"南蛮子"每回来,都殷勤接待,仁义周到。

城中开首饰店的陈善人闻讯来买"南蛮子"的梅花玉器。

"南蛮子"打开包袱,展示出晶晶亮的手镯、玉珠、镇纸、砚台等。

梅玲珑也离了柜台凑过去看稀奇,被那乌亮材质上一团团天然梅花吸引住,一只只地把玉镯套手上试戴。白藕一样的少女手臂,着了黑底红梅玉镯,美得炫目。陈善人呆呆地睁大了眼睛,合不拢嘴巴。

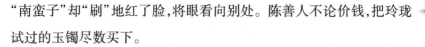

"南蛮子"却"刷"地红了脸,将眼看向别处。陈善人不论价钱,把玲珑试过的玉镯尽数买下。

玲珑褪下手上玉镯,心里怅怅的,怨嗔地看了"南蛮子"一眼,一扭身进了柜台。想想小客店辛苦经营,没有多少进项;再想想母亲早亡,父亲忙于生计,自己终身无依,眼圈一红,泪水盈盈。

"南蛮子"收拾起银两包裹,送走客人,回头看到玲珑这般情景,想说什么,又不便开口,转头回客房去了。

饭罢掌灯,厅堂只剩父女二人,梅掌柜把一锅旱烟在鞋底磕磕说:"这南来的小伙子好是好,只不知家里都有什么人。"

玲珑闻言怔了怔,急急地说:"我管他家里有什么人!"

这晚有月,前半夜把院中的梅树影儿投在西厢玲珑的窗上,后半夜又把梅影儿投在东厢"南蛮子"的窗上。玲珑起了又躺下,东厢里"沙沙"的磨玉声牵得她心里七上八下,像一团跳动的火苗。

第二天一大早,玲珑红着一双眼,微低着头,把一碗荷包蛋端进"南蛮子"房里,看见他已收拾好行李。玲珑刚要出门,"南蛮子""哎"一声叫住她:"这副梅花玉镯就送你吧。"

捧在"南蛮子"手中的玉镯质地乌黑发亮,上面的梅花都成了"气候"——虬枝百结。花朵如画上去的一般,比玲珑试过的都好。她一把抢在手中,欢叫一声拿给爹爹看。

父女一商量,便捧出三十块大洋,要"南蛮子"收下。"南蛮子"见推辞不过,悉数收下,搭马车往南去了。平时"南蛮子"卖出玉镯一副不过三五块银洋。这一副虽然上等,也不该把三十块大洋全收下啊。玲珑见"南蛮子"贪财,竟把心中燥热的一团火忽一下冷下来。

城里的陈善人在一个晴得让人心里发空的日子来向玲珑提亲。因是续弦,梅掌柜怕委屈了女儿,摇头不应。玲珑提出过了门要经营那首饰店,还要带了父亲一起过去,陈善人答应了。

　　大喜之日下雪了，院中梅花在雪中红艳艳地开放。玲珑穿着大红锦缎袄裙，举起手臂，把玉镯跟真梅花比了又比。看镯上梅花栩栩如生，爱惜地缩进袖中，把一方红盖头蒙上头。

　　红纱帐里，陈善人把了玲珑玉臂，摸完肌肤摸玉镯，连连赞叹："宝贝！"

　　聪明绝顶的玲珑一下子就摸透了梅花玉的品级。纹路像梅已极不易，自己手上这枚梅花梅枝栩栩如生的更是百年不遇的无价珍宝，区区三十块大洋如何换得！有了这块心病，玲珑一日比一日黄瘦，恹恹地卧床不起了。

　　陈善人长吁短叹了几天，一跺脚："看来，两宝只能得一宝了。"便携了一只水盆入内，将玲珑手上玉镯掷于水中："天然生成的如何这般逼真？这梅花本是奸匠人用西洋法蚀在玉石上的，你看，卤水一泡就消失了。"

　　随着玉镯上梅花渐隐，玲珑精神一爽，竟吃下饭，起得床了。

　　"刀客"打开城那年，首饰店被毁，梅宝成也病逝。

　　跑"老日"时，玲珑和陈善人躲在山洞里，紧紧相拥取暖。陈善人百感交集，从怀里摸出黑手镯："这个你还拿着。磨去表面一层，里面依然是栩栩如生的梅花。"玲珑往陈善人怀里偎得紧些："早知道了。"

梅 花 锦

〇非花非雾

　　江南曹府,几世为皇家供奉锦缎。清末以进献奇缎异锦得慈禧恩宠,权倾京师。

　　伶俐秀美的梅儿十三岁时,从民间选入曹府,和一帮织锦女习练曹家秘传织锦技艺。

　　两年后,梅儿和几名最优秀者,观看梅、兰、竹、菊、荷、牡丹,最爱什么花,便以该花命名。梅儿因嗜爱梅花被选专为慈禧织梅花锦。

　　梅儿从此被封闭在梅苑中,日日吃掺了药饵的饮食。渐渐,梅儿发不出一个音节,也听不见一丝声响了。曹家又不教她识字,只叫她朝夕与梅为伴,睁眼合眼全是梅花。

　　梅儿长到十六岁,她的饮食中被杂进一种秘药,延缓其发育。不知不觉,梅儿便与世俗岁月告别,让花儿含苞初放的一瞬成为永恒。一生无论经多少寒暑,只有十六岁。她也因此失去生育能力。

　　梅儿无法以语言、歌舞、文字表达自己心中梅的意象,她只有依着幼年所学织锦技艺去理丝、织锦,用丝和梭表达心中的一切,及至后来,她织成的锦缎人间无双,天上难觅。那是织锦女灵性与生命凝练的奇珍! 慈禧也只得到过一匹杂锦,她把玩赞赏不已,敕令进贡梅花锦。

梅花锦在梅儿的心中还没有构思完整，大清的国势便如狂风暴雨中的残船，转眼分崩离析。

梅儿流落到袁世凯部下冯定远手中。冯定远为袁世凯在安阳造袁陵，梅儿与众织女被派管理陵园花木。她们实际半是殉葬之人。

中原有一武姓财主，忠厚起家。单传到武修仁，读书到二十多岁，还写不成一封书信，只会记账。相貌也不过比乃先祖武大略强些。指腹为婚的邹小姐，才貌俱全，又读过几年洋学堂，嫁到武家，不足月生下一子，取名裕德。武修仁宽厚，喜爱裕德如掌上明珠。邹氏闹了两年，得表兄在南方军中的书信，计划私逃。武修仁看留不下她的心，竟派家人护送。

袁世凯下台，守陵园的冯大人敛资返故里，遣卖梅儿诸女。武修仁正在安阳，得信前往。

因前面邹氏的教训，武修仁只在众女中寻找姿色差些心智蠢些的，偏偏那些女子见他貌不入眼，忠厚有余，有意回避。倒把天生丽质的梅儿闪到前面。

梅儿懵懂无措，跌扑于地，只有眼中泪珠滚滚，却出不得声，道不得苦。

武修仁可怜梅儿残疾，买她回家，任其行走，并不强迫她成婚，也不另娶。

梅儿种梅于园，日日携小儿裕德浇水养护。又打扫守园小屋，安设织机，夜夜闭窗锁门，燃烛焚香。年复一年，并无一尺半寸布帛织出。武修仁也不责怪，更加小心呵护她。

裕德五岁入学，回家，便教梅儿识字。梅儿渐知人间有父母亲人，望梅垂泪，哀切感天地。那情景深深地烙印在裕德幼小的心灵。

梅儿日益成熟，情窦亦开，常痴痴地望着武修仁脸红。终于在入武家十年后，一个梅花灿烂的冬日，梅儿委身武修仁。

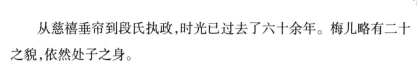
从慈禧垂帘到段氏执政,时光已过去了六十余年。梅儿略有二十之貌,依然处子之身。

又是风雨飘摇四十年。梅儿四十年如一日夜夜织锦。武修仁四十年体恤爱护如初。这年,武修仁八十二岁,貌若三十的梅儿,实际已愈百岁了。

卧病的武修仁知道自己大限已到,召在外成学者成名士的儿孙们回来。

武修仁弥留之夜,苦苦等待织锦的梅儿,不肯咽气。

天亮,梅儿携一匹平淡无奇的素锦而来。一夜间,梅儿形容憔悴,心血将尽,容颜老了三十多岁,站在武修仁身边,倒像结发的夫妻了。

梅儿示意侍者点烛燃香,缓缓展开素锦。在香雾光晕中,白色锦缎上闪烁变幻七彩华光,一朵朵梅花如生似活浮现在锦缎上。朵朵不同,枝枝别样。单看寸寸成画,整看全幅一体。反正两幅图,对灯透光又一色……梅花共万朵,朵朵如临风轻颤。众人都迷醉在这梅花的梦幻中了。

等香尽烛灭,大家回过神来,见梅儿与修仁相依而坐,含笑升仙了。

众人要以梅花锦陪葬,裕德阻止:"让梅娘忘掉梅花锦,来生做个平常人吧。"

梅 鹊 图

○非花非雾

中国艺术摄影家协会的年会在香港举行。最后一天,会员们上街购物。我被中国书画展海报上画家的名字吸引,走进画展大厅。

二楼拐角不起眼儿处,一幅《梅鹊图》默默地向观看者展示着一种隐含的喜庆与祝福。

我觉得二十年前我是见过它的。那是春末夏初,校园里桐花落尽,一片浓荫遮蔽着粉墙碧瓦,夕阳照在教室的后墙上。

三个年轻人背着行李和画夹,在校长的陪同下,从校园穿过,走向北楼。

他们来自美院,到我们学校实习。

三个年轻人中最帅气的和最胖的都不教我们班,教我们的是最瘦的一个,他叫武小丁。

武老师给我们上第一节美术课。他要我们随意画一幅画。

我用铅笔画了一个心目中的古装仕女,那是多么稚拙的笔法和不协调的构图。武老师拿起来便笑了:"你画的这个人物真像你。"我窘得红了脸。

武老师却说:"你肯不肯把这幅画交给我?"

我忙受宠若惊地说:"我回家再画一张好的给你。"

— { **064** } —

武老师便放下画来,笑着走开了。

一个多月后,美术老师要给我们办一个习作展,我便精心画了一幅仕女图,自己感觉好极了。

交到武老师办公室,他又笑了,对另外两位老师说:"你们看,她画的多像她自己。"

我又不知所措地张大眼。最帅气的老师说:"好,你就站在那里别动。"说完拿了炭笔,在画板上刷刷画了起来。

武老师站在旁边欣赏地笑着。

刚刚在这里爬上爬下热热闹闹的女同学们面面相觑一会儿,便挤在一起窃窃私语。

上课铃响了,她们一声呼叫全都跑走了,留下我走也不是,留也不是。武老师关切地说:"让她去上课吧。"帅老师说:"没事,一会儿就画完。"

我迟到了半节课。班主任愤怒地让我站到教室外:"你旷课,叫家长来。"

罚站教室外和叫家长是最严厉的惩罚,我不敢让家长知道我"堕落"到如此地步。

我模仿家长口气写了一张纸条,晚饭后,早早到校。武老师正在弹琴,见到我惊讶地说:"你怎么来了? 过来,唱一首什么歌?"

我摇头说不唱,然后吞吞吐吐地说了下午的事。武老师说:"这事该怪我。你是不是让我帮你向班主任说一声?"

我说:"不必了,您把这个字条抄一遍,我交给班主任就行了。"

武老师想也没想便答应了。我拿着那字条交了差。

第二天上午,班主任便把我从教室叫出来:"说,那字条到底是谁写的?"

我知道是同学告密,便承认那是武老师代写的。

班主任带着我来到武老师住室，一脸嘲讽："武老师不简单呀，都当家长了，有了这么大一个女儿。"武老师怔了怔，脸红了。我心里一千个愧疚，无地自容。

我哭着向校外跑去，班主任追上我："进教室吧，你该知道你上学是做什么来的。"

我觉得世界都塌了下来，一切全错了，我对不起所有的人。

三个美术老师的实习结束了。

女生们商量给老师买礼物，和老师合影，然后拿着老师回赠给她们的笔记本炫耀，而我失落落地不知如何是好。

我拿了礼物坐在楼梯口，听他们在楼上的欢笑。

帅老师从楼上下来，看到落寞的我，问："你怎么不上去？"

"我……"

帅老师进去不久，武老师从屋里出来："你过来吧。"

我便顺从地跟他走进去，把送他的礼物放在他的桌上，和一堆本子放在一起。武老师沉思了一会儿，展开宣纸，画了一幅《梅鹊图》。

武老师落了款，对同学们说："你们猜，这幅图送给谁？"

大家都争相讨要。

武老师把它递给我。在同学们羡慕的目光里，我失望极了。我希望老师送我和她们一样的笔记本。

我生气地说："我不要，我不要。"眼睛早向本子瞟了又瞟。

武老师便把桌上的笔记本写上我的名字，送给我。

上课铃响了，我走到门口，似乎听到武老师叹了一口气，回过头看他，他正忙着收拾自己的东西，也许我听错了。

一直没有再见过武老师。

今天却在远离内地的地方看到这幅《梅鹊图》。我看了又看，不能确定是不是当年的那一幅，但是我不想再一次错失它。我回头招呼不远处的服务人员，她轻轻报了一个价钱。

我的脸变得煞白，这一幅画的价钱，让我再次错失《梅鹊图》。

我怅怅地离开了，虽然很想去看看武老师，但我不想让他想起当年的事。

药

○程习武

　　父亲从乡下赶到城里的时候,路远刚刚吃了早饭推着车子要去学校。父亲留着村里常见的那种短发,黑白相间的短发爬满了父亲的头顶,使父亲显得异常苍老。父亲才 60 岁,60 岁的城里人一点儿也不会让人看出老态来。路远看见父亲之后心中怦然一动。父亲在村子里种着几亩地,没有事情是不会到城里来的,况且眼下正值农忙。看着父亲,路远的眼光急切而又惶恐。路远的嘴唇动了几下,但没有说出话。父亲咳嗽了一声。路远看见父亲的嘴唇上浮泛着一层白色的干皮,路远还看见父亲的脸上蒙了厚厚的一层尘土。路远要父亲去洗洗脸,吃点饭。父亲说他已经吃过了,从床上起来就吃了两个饼子,又喝了一大碗茶,不饿也不渴。路远就问有什么事。父亲有些迟疑,父亲的喉结往下动了一下才说,有病了,头晕。这几天晕几回了,晕得厉害的时候活儿都干不成。前天正锄地,晕了,想倒,扶着锄把站了半支烟的工夫才清醒过来。路远听了,心里"咯噔"了一下子,路远以自己掌握的一点医疗知识,估计这病是很缠手的。

　　路远就领父亲去医院。父亲要路远去学校请假,路远说不请了,今天上午没有课。

　　做了几项检查之后,医生让路远单独留下来。医生的结论是脑血管硬化,很严重。医生说这病得一直吃药,不能间断的。还得有个思想准备,说不定什么时候就出意外。路远拿着处方呆愣在了那里。他想起了他的一直恹恹多病的母亲,想起了他没有娶妻的弟弟和没有出嫁的妹妹,想起父亲侍弄了一辈子的那片土地,路远还想起了好多好多他不能不想起的事情。是医生打断了路远的"想",医生说,眼下不会有事的,快去拿药吧。路远匆匆揉了一下眼睛,就去取药的窗口了。拿药的人很多,路远让父亲坐在树荫下等着,自己去排队。父亲说,病要是不厉害,这药咱就拿,我得把你弟弟妹妹操持起来呀。病要是真厉害,这药就别拿了,你一个教书的,能有多少钱往里扔? 路远鼻子一酸,心里有什么要涌上来,但路远没让它涌上来。路远说,医生说了,没事,吃吃药就好了。

划了价,路远看看钱数——350 元,头"嗡"的一下子大起来。路远问划价员是不是错了,划价员斜了路远一眼说,头一种药就 300 元一盒呢。路远退出来,呆呆地发愣。他的月工资刚够买一盒药。老婆的工厂倒闭了,在家闲着。他还有两个儿子。路远又拐回去找医生,路远让医生换便宜一点的药。医生说,病重,这个药效果好。别光心疼钱,病要紧。路远红了脸。路远说,这回没带这么多钱,下回吧。医生便拉下脸重又开了一张处方。

拿了药,路远身上的几十元钱差不多光了。远远看见躺在树荫下的地面上打瞌睡的父亲,路远鼻子一酸,眼里有东西涌出来。

路远喊醒父亲,把药递过去。接过药,父亲说,这药包怎么有些湿?

路远没有说话,只有路远知道那药包是怎么湿的。

鹌　鹑

○程习武

涡河湾鹌鹑高手成二养了一只鹌鹑,毛色红白间杂,红如重枣,白似积雪,双眼下陷,迸出一股阴森森的杀气。把在手中,如握铁石,更兼腹下一道浓黑墨线从尾尖直冲下颌,如一张遒劲的弯弓。那叫斗线,是善于角斗的标志,千只万只里也难觅一只,很多人养了一辈子鹌鹑都无缘见到。

这只鹌鹑第一次涉足沙场就颇富传奇色彩。

涡河湾人听说成二黑线鹌鹑开斗,观者如堵,拥拥挤挤填满了三间空屋。

两只鹌鹑放入斗笤,黑线鹌鹑突然拔地而起,绕梁三匝。

人们先是一怔,继而摇头大笑:"败狗子,败狗子,糊了泥巴烧着吃!"

笑意尚未从人们脸上退尽,黑线鹌鹑骤然笔直射落,一声凄厉惨叫,另一只鹌鹑已经瘫于笤中。

主人将奄奄一息的鹌鹑拿起一看,立即怔住。

人们围近观看,那只鹌鹑头顶有豆大的一块羽毛脱落,正殷殷出血。双翅自根部折断,只有皮肉相连,松松垮垮地垂下来。

"嘴啄头顶,腿打双翅。一招三出,一招三出呀!"传说中的事情竟在成二手中出现,静默良久,有人长声惊叹。

自此,成二和他的黑线鹌鹑名震涡河两岸。

这日午间,成二正在家里把玩鹌鹑,忽然有人进门,见了成二,躬身施礼,声称尹家寨老尹有请。

成二说:"我攀不上老尹,你们回吧!"

来人走后,成二惶惶不安。

那老尹名为一方豪富,实际上是涡河湾方圆百里之内的大杆子土匪头子,一生酷爱鹌鹑,廊檐下一根长绳,一溜儿排开吊数十挂笼子,都是出类拔萃的鹌鹑。

成二知道,老尹定是冲着黑线鹌鹑来的。

到了晚上,十来杆长枪涌进门来,为首一人光头虬须,脸黑炭一般,昂昂然如一胖大和尚,正是尹家寨声名赫赫的老尹。

老尹扫了一眼四壁空空的屋子说:"明人不做暗事,成二,我是来拿黑线鹌鹑的。"

成二说:"尹家寨好鹌鹑多的是,哪在乎我这破鹌鹑。"

老尹说:"别耍花腔了,黑线鹌鹑天下少有。"

成二说:"我家养了几辈子鹌鹑了,我爹我爷都睁着眼呢!"

老尹说:"我老尹容不得别人有好鹌鹑,我的枪什么时候都睁着眼呢!给了我,不会亏你。"

成二从腰里解下鹌鹑袋子,默默递与老尹。

在老尹接过袋子的刹那,成二的拇指和中指轻轻地在袋子上弹了一下。

老尹掏出鹌鹑,把在手中,只见鹌鹑双眼似合非合,脖子努力地缩下去和身子蜷为一团,酷似沙场归来的败兵。

老尹双目圆睁,盯住成二。成二说:"是黑线鹌鹑。"老尹翻转手中的鹌鹑,一条黑线自尾端直冲下颌,非常醒目。老尹紧盯成二,拧起眉头,双目如炬。

成二说:"黑线鹌鹑是神物,它命里不是你的。"成二走近老尹,接过鹌鹑,二指轻轻一弹,那鹌鹑在成二手中立即啁啾不止,跃跃欲飞。

老尹又接过去,成二的手指又轻轻一弹,鹌鹑又委顿于老尹手中。

老尹说:"成二,我佩服你,可鹌鹑我得带走。"

成二说:"你带不走。"

老尹说:"成二,让我带走吧,要不,我一辈子都不会死心。"

成二摇摇头。

突然,老尹拔出短刀,一道弧光闪过之后,成二五根手指落地。

成二打了个趔趄,但他站住了。他伸出左手说:"老尹,这儿还有五个呢!"

又一道弧光闪出,但这回落地的是老尹的五根手指,在泥地上跳跃不止。

成二左手握着鹌鹑,伸给老尹说:"你带走吧,我爹我爷那里我说。"

老尹说:"这鹌鹑不该是老尹的!"

然后,十来杆长枪呼啦啦出门而去,撇下成二和他的黑线鹌鹑,撇下屋子里摇曳如豆的灯火。

头 发

○程习武

　　接了妻子胡云的电话,王方平心里还是咯噔了一下子。妻子告诉他火车 12 点到站,午饭就在家里吃,尽管王方平是知道她回来的时间的。她说她出差半个月,快要馋死了。她说他的油焖大虾和干豆角腊肉除了他们家天底下哪个地方也没有。她说她在出差的那个城市也吃了几个地方,和他做的比,简直就是地下和天上。他感觉,妻子的脸上这时候一定是写满了骄傲的。这骄傲让他更加心慌。然后,她又说起了床笫之事。她说都半个月没挨着你了,你说,这账该怎么算?她说这几句话的时候声音小了好多,是怕跑进邻铺的耳朵吧。他说,怎么算?来个秋后算总账,连本带息一块儿付。

　　接完电话,王方平嘘了一口气。他感觉手心出汗了。他在心里嘀咕了一句:半个月眨眼没了。王方平有些慌乱,手和脚好像也没地方放了。王方平对自己说,一个在仕途中正稳步前行的副处长,乱什么乱?况且,妻子从来就没有怀疑过他,从来就没有胡乱地去想他。但越是这样,他的心就越慌乱。王方平连着吸了两口气,才让自己落实在地上。

　　还不到 9 点,时间宽裕着呢。

　　只用了几秒钟,王方平就平静了自己。同时也考虑好了接下来自己该做些什么。

王方平打开顶灯，又打开床头灯，一床的光。战役从床上开始吧，王方平说。王方平先把被子抖开，眼睛细细地在被面上搜索。王方平搜索的时候，基本上是以平方尺为单位进行的。王方平喜欢书画收藏，"平方尺"这个概念自然熟悉不过。这面完了，再翻过来，看另一面。

没有，一根头发也没有。Very good！王方平朝空中打了个响指，还呼了一口气。这时候，王方平想坐下拉一曲二胡。二胡是王方平的业余爱好，高兴的时候王方平就想拉二胡。王方平没有拉，他只是下意识地朝挂在门口的二胡看了看。

看看表，只用了 10 分钟。效率高哇。王方平心里的慌乱消了好大一部分。

第二阶段是床。先看床尾，再看中间。这些部分不是关键处，王方平仅用了 3 分钟。王方平在心里打了个比方，假如这张床的床头是一份文件的话，那么床尾和床的中段只能算是附件而已。王方平一笑。果然，这两个部位仍是一根头发也没找到。

做了一个扩胸动作之后，王方平开始把眼光投向床头去。

焦点，主战场。王方平的眼睛成了探照灯。枕头，枕巾，床头的靠垫。正面，反面，侧面，探照灯又变成了刀子，刮过来，又刮过去。

怪了，没有，一根也没有。

王方平把身子更低地俯下去，刀子又开始刮。太阳也帮忙，从窗户钻进来。亮啊。这就让刀子刮的时候会锱铢无遗。竟然还是没有。王方平吸了一口凉气。又一遍搜索之后，王方平就释然了。其实这半个月里，他每天起床之后的第一件事就是清扫床铺。每天早起，床头柜上的那把红木长毛刷子会一遍又一遍地游动在他的床上，就像一尾鱼从容安详地游在湖泊里。

书房,客厅,卫生间。每一个地方都是三进三出。地毯是最不好对付的。刷子不行,吸尘器也不行。头发落在地毯上,就像被无数只手抱住了,牢牢的。王方平就跪下来,前进或者后退。古人有"膝行"一说,今天我也算继承一回传统吧。王方平自嘲道。

没有,一根也没有。

王方平觉得脊背一阵发凉。那么多的地方,那么大的地方,怎么就一根头发也搜不出呢。真是奇哉怪也。一开始的慌乱又一点一点爬上心头。

头发藏到哪里去了呢?

王方平感觉冥冥中似乎有个高高在上的东西要和他开玩笑,或者干脆说就是一场阴谋,把一根、两根甚至三根头发藏在什么地方,让他找不到,这些头发却会突然出现在不该看到它的人面前。王方平觉得他的毛发都要竖起来了。

王方平下意识地拍了拍头,脑子却忽地转过弯儿来。是不是一开始自己的思路就错了。自己做的一切应该只是为了印证房间里并没有落下头发,而不是硬要在房间里找出其实并不存在的头发。这样一想,千斤的担子没有了。王方平立马通体舒坦,身子轻飘飘地虚脱了一般。

这时候,王方平才真正知道了自己面对妻子的时候有多么心虚。王方平,你心虚什么? 就因为你头上的乌纱是来自老丈人的荫庇吗? 王方平问自己。然后他摇了摇头,他没有给自己答案。

门铃响起的时候,餐桌已经满了。油焖大虾和干豆角腊肉盘踞在正中间。

穿过客厅要去开门的王方平脚步轻快,像一阵风。王方平还在脸上准备出了他自己认为十分恰当的笑容。门打开了,有风挤进来。王方平感觉有什么东西在眼前晃,他伸手一捉就捉住了。等王方平看清了他手中捉住的是一根头发、一根长长的头发之后,他就啊地叫一声,然后就倒在了地上。

"120"送到医院的时候,人已经不行了。办完了后事,胡云站在门边,久久地和那把二胡对视。但是,她没有看出来任何异样。那把二胡还静静地挂在墙上,一如丈夫生前。只是弓子上的一根马尾断了,垂下来,像一根长长的头发。

紫 桑 葚

○高军

"小鬼,怎么好像不太对头啊?"他四下里扫了一眼,问警卫员。

警卫员扭头向西面的山峰看一下——每个山头硝烟滚滚,枪声炮声此起彼伏——就把两脚"啪"地一并:"报告首长,老乡都躲了,门没顾上锁。"

"哦,打仗嘛。"他若有所思地点点头,"咱们就在这里落脚吧,老乡的东西,我们要照管好啊。"

紧张忙碌过后,瞅点空隙,他走出房门,两手举过头顶,伸了个懒腰,然后看看田野里的青草和绿树,感到舒坦了一些,正想转回身去,钻进耳朵里的枪炮声中,似乎夹杂着一种若有若无的"咝咝"的声音。他仔细听了一阵,就来到西屋门口。警卫员立即跟了过来。他先敲了敲门,没动静,就慢慢推开虚掩着的秫秸扎的门。迎门是一个大秫秸箔箩,里面养着已长到一寸左右的蚕宝宝。一条条蚕虫,在蠕动着,叠压着,有的还把头抬起来,来回扭动几下。他笑了笑,慢慢退出来,又轻轻地把门关上。

回到正房的指挥所,他问了一下 25、26、27 师所在的具体位置,命令道:"不许从任何人手下漏掉一个敌人!"

他端起茶杯,举到嘴边,还没碰到嘴唇,又猛地放下,桌面被碰得响了一声，人们都抬起了头。他谁也没看，大声叫道："警卫员！"

"到！"两个警卫员跑到他跟前，举手敬礼。

他严肃地看了他俩一眼："我命令你俩，马上去给我采一筐桑树叶子来，要干净，要肥实。"

警卫员稍一愣神，随即大声应道："是！"看着警卫员跑步出了院子，他的脸上露出一丝微笑。然后，他又大步走到地图前，看了看部队目前所在的位置，轻轻地舒了一口气。

一个多小时过去了，两个警卫员还没回来。他默默地站起来，又慢慢地走到西屋门前。手刚伸到门上，又猛地缩回来。他自嘲地笑了笑，走到大门口：

"这两个小鬼，怎么搞的？"

又过了一会儿，门口传来怯怯的声音："报告首长！我俩没看到桑叶。"

他看了他俩一眼，见他们还喘着粗气，一副疲劳的样子，就把心里腾起的火强压下去，指指他俩，冷冷地问："怎么回事？"

一警卫员回答："在方圆两公里之内我们找了一圈儿，没有桑树，所以……"

另一警卫员说："西边倒是有三棵桑树，但被炮火打得光秃秃的了，树上一片树叶也没有了。"

他锁着眉头，没吭声。过了半天，才又轻声说道："你俩再去一趟，要扩大搜索的范围。"他把手使劲儿往下一按，声音略大了一点儿："但必须采到桑叶。"

"保证完成任务！"两人的眼角有点儿湿，敬礼后拿着筐又跑了出去。

四下里的炮火仍很激烈。他的心里有点儿为自己的警卫员担心，两个小鬼可要小心哟。他不敢分散自己的精力，又马上把注意力转回到对战事的考虑上。

太阳已经过午,当他再次抬眼往大门外看时,两个警卫员终于走进了视野。

两人抬着一大筐碧绿的桑叶回来了,脸上显露着兴奋的神情。

他走出来,高兴地说:"给我给我,你俩快去喝口水。"

但警卫员并没有走,与他一起抬着桑叶来到西屋。

他瞅着一个个蚕宝宝,嘿嘿地笑着,慢慢抓起一把桑叶,反过来顺过去地看了看,没有杂质,只是叶柄上带着几个紫色的桑葚。他把桑葚摘下来,塞到警卫员的嘴里。

警卫员没防备,只好吃了:"首长?"

他笑了:"慰劳你俩一下。"

说着,他小心地把桑叶撒到箔笸里。蚕宝宝快速地蠕动起来。唰唰唰,绿油油的桑叶一会儿就被咬出一个个大豁口。他又抓起一把桑叶,摘下桑葚,放到旁边的一只小凳子上,再把桑叶撒给蚕宝宝。

警卫员看到首长非常投入,就咂咂嘴,小声说:"首长,桑葚真好吃,您尝尝吧。"

他摇摇头:"不,给房东的孩子留着吧。"

炮火越来越猛了……

不久以后,被写入战史的孟良崮战役胜利结束。

躲出去的房主人回来了,他发现自己养的蚕吃得很饱,旁边一只筐里还有小半筐桑叶。在一堆紫色的桑葚边,还压着一张纸条:

　　打搅了,感谢给我们留门。

　　　　许世友

　　　　　1947.5.16

看到这里,老乡的眼睛湿润了。蒙眬中,他发现那堆紫桑葚更鲜亮了。

香荷包

○高军

"沂蒙人民真好啊，我们以后永远不能忘了他们。"秋阳高照，天高气爽，张云逸出了临沂城，正向前走着，看着眼前的一片原野和正在忙碌着收秋的农民，突然发起感慨来。

张云逸来临沂后分管战勤工作，主要抓地方武装的组建等，提出了"保田、保家、保饭碗""到前线去，到主力去"等口号，沂蒙人民送子送郎参军又掀起了一个高潮，群众的拥军支前活动也搞得轰轰烈烈，随同人员心里都明白，他是既高兴又感动啊。

"是啊，是啊，这里的老百姓太好了，不愧是老解放区啊。"随行的同志都一致称赞道。

今天他又要到村子里去看一看，检查一下有关的工作。刚进村，见有个近四十岁的妇女在门口抱着八九个月大小的孩子，正两手托着孩子的腿弯，让两腿分开，在让孩子解大便，地上已经有了一坨黄黄的排泄物了。张云逸走上前去，热情地打着招呼："老乡，你好啊。"

妇女一抬头，看到是张副军长来了，脸色腾地红了，迅速让自己的身子扭了扭，不让孩子的裆部正对着首长："首长，你看俺……"

"秋天了，农活忙了哟。"张云逸看她不好意思的样子，赶紧问道，"今年收成怎么样啊?"看到孩子胸前挂着一个用布缝制成的小物件，上边布满精致的针线花纹,他又问:"这又是什么呀?"

妇女逐渐不再窘迫了,神态渐渐变得自然:"收成还能凑合。弄个孩子,还不会走,光占人。这是香荷包,避邪的。"

"很香的哟。"张云逸拿起来闻了闻,笑着说。

孩子排出的大便,在阵阵吹来的秋风里,有股丝丝臭味不时地向人们飘来,个别随行人员捂着鼻子,把身体转向一边。

张云逸略略皱了皱眉头,但并没说他们什么,而是继续和妇女随意地聊着:"孩子长得真可爱,等新中国到来的时候,他们就会生活在幸福中了哟。"

"您看,我也不能给你们拿座位。"妇女继续托着孩子,难为情地说着,从侧面低下头去,看了看孩子的屁股,突然抬起头来,嘴里唤道,"嚎儿——嚎儿——"

人们都不明白是怎么回事儿,正奇怪着,就看见一条大黄狗踮着不紧不慢的脚步跑了过来,妇女托着孩子的腿把孩子的屁股抬了起来,正对着黄狗,黄狗的嘴巴向孩子的裆部伸去。

张云逸心里猛地一惊,迅速抬起右脚,在狗就要和孩子接触的一刹那间把狗蹬了一脚,大黄狗那尖尖的嘴巴偏离了孩子的裆部。它慢慢转过头来,看到一个威武的人凛然不可侵犯地站在那里,遂慢慢地走到一边去了。

妇女的脸色一变,继而明白过来,笑了:"不是,不是呀,俺是叫大黄给孩子舔腚啊。"

"哦?"张云逸很是疑惑。

随行的人中有明白的,赶紧解释说:"沂蒙山区这个地方,很多家庭在叫孩子大便后,就让自家喂的狗给擦屁股了。大人呢,很多都是随意找块土坷垃啊石头蛋儿啊的解决问题。"

"是吗?"张云逸又转向妇女,说,"老乡,这样太不卫生了。再说狗也容易带一些病菌,会传染人的。"看那妇女仍托着孩子,他赶紧掏起自己的衣兜来,终于在第三个口袋里找到了一个小纸团,他迅速展开来,两手拽了拽,让纸更加平展一些,快步走上前,弓下腰去,给孩子擦起屁股来。

"这、这……"妇女一急,说不出话来了。

"哎、哎……"随行者也没想到,一时愣住了。

"别动别动,马上就好。"张云逸笑着说,"哟,小家伙,又来了?——好了。"

他毕竟五十多岁了,直起身体会比较慢,但脸上的皱纹里满是笑,同时右手使劲甩了两甩,他的手被孩子刚才又一次排出的少许尿给弄湿了。

"首长,这怎么好,这怎么好。"妇女喃喃着,迅速把孩子转过来,抱在胸前,"快家走洗洗手。"

"好的好的。"张云逸笑笑,随着妇女向院门里走去,他知道若不洗一下手,老乡心里会过意不去的。

这时,大黄狗瞅准了空子,快速地扑向了孩子排在地上的大便。

他一边洗着手,一边和妇女继续说着话:"咱们现在生活还不安稳,仗还要继续打。部队纸张也很匮乏,农村更缺了。老乡啊,孩子的屁股绝不能再让狗舔了啊。"

张云逸见妇女抿着嘴,使劲点头,就接着说道:"我知道,确实没有纸,但一定要想想办法。"他脸上的皱纹在额头处迅速集合起来,隔了一会儿,才又以商量的口气问道:"庄稼的叶子,树啊草啊的叶子,光滑的干净的是不是也行啊?"最后又有些无奈地说:"干净的石头块也比狗卫生啊。"

随行的人们,有的眼角湿润起来,赶紧转过头去,快速抹一下。

"你说说这熊孩子,怎么就这么不知好歹呢,把首长的手都尿湿了。"妇女看他洗完了手，又一次道起歉来。

"小家伙，快长大啊，"张云逸摇摇头，笑了笑，"到你长大的时候，肯定不用打仗了，也肯定有纸擦屁股了。呵呵呵，让我再闻闻你那香荷包。"说着，又拿起孩子胸前的香荷包在鼻子前嗅了嗅。

看到妇女终于轻松地笑了，随行的人们也都笑了，张云逸说道："同志们，咱们走吧。"他在头里，大步向前走去。

天空好似更高了，更蓝了，凉爽的风吹过来，给人一种舒心的感觉。

石竹花

○高军

　　她伸出手去,将过一枝石竹花来,嗅了嗅,就闻到一股淡淡的清香。一放手,那纤细的枝叶又弹了回去。这一片石竹花那红艳艳的花瓣,在轻风的吹拂下,就像一只只漂亮的蝴蝶在翩翩起舞。她忍不住又伸出手去,把几枝石竹花揽了过来。她仔细地看着每朵上那五片花瓣,感到这花漂亮极了。

　　她用大拇指和食指捏住一棵鲜艳的红花,细心地掐下一朵来,把头向右肩一偏,光洁的笑容就浮上了面颊,纤细的汗毛在阳光的照射下挂满了温柔,她的左手拿着这朵石竹花向右鬓角插着。她的手一下子落在了右肩上。花,没有插住。她才像猛然想起什么似的,轻轻地叹出一口气,把花朵放在了衣襟上。

　　"我要,我要。"这时,从她身后的山洞里跑出一个小男孩来。

　　她拿起那朵石竹花,又举在鼻下闻了闻,然后递给小男孩:"振振,赶快回到洞里去。"

　　她叫萧萧,是沂蒙山区的本地人。此前她是一名参加革命三年的战士,是1941年的日本鬼子大扫荡让她放下了武器。这次扫荡开始时,上级决定让她带着首长的孩子回她的村庄躲避起来,以保护好革命的后代。上级说,不能带着个孩子与敌人周旋,就只能如此。

当时，她颇感踌躇。家中父母早已去世，哥嫂自己过日子。一个十八岁的姑娘家，突然领着一个孩子回去，让她怎么向乡邻们解释？对哥嫂又怎么交代？再说，这也太容易引起注意，惹来麻烦，一旦出了纰漏，怎么回来交差？于是她鼓起勇气，向上级陈述了自己的理由，上级也感到有道理。这时首长说："不行的话，先送到老乡家里养着吧。"首长的几个孩子已分别送到老乡家，有的还因病夭折了，怎能再把眼前唯一的这个送去！她说："孩子还是我带，但是不回俺家那个村庄，我领他到东乡去，出去十几里地就没人认识我了，反扫荡结束，我就把孩子领回来。"

由于战事紧迫，就这样决定了。她换上破破烂烂的农家衣服，把头发铰了去，并往脸上抹上几把灰，领上孩子就上路了。

后来，她来到了一个叫九道沟的村子，找到抗属尹大娘家住下。这里还比较安静，她和孩子过了几天安稳日子。但不久，日本鬼子的扫荡就波及了这个村子。她只好领着孩子跑到北山的一个山洞里躲起来，等着尹大娘抽空给送点吃的来。这样蹲山洞的日子，她和孩子已过了好几天了。

这时远处又传来枪炮声，她知道是日本鬼子又来了。她看振振已走进山洞，就又转头盯着山下，密切注视着情况的变化。突然她发现远处有一队人向这边走来，看那架势就是日伪军。这几天躲在这个比较宽敞的山洞里，她并没有忘记随时可能出现的危险，已想了一些应付万一的办法。前天她已经在上边的一个石劈缝里发现了一个小洞，门口长满了山酸枣棵子，葛针特别密，遮蔽得很严实。现在，她当机立断，快速地回到洞内，拉着振振，带上还剩的一点饭和水，来到那个石劈缝前，她顾不了许多了，用细嫩的双手抓住山酸枣棵子，把它们拉向一边使洞口露出来，先让振振钻进去，她才慢慢侧转身子，自己也钻入这个小石洞内，她的双手已被扎得又麻又疼，一粒粒通红的血珠汪在手上,她嘴里吸吸溜溜地,双手乱甩着,一停下来,手上又形成了一道道细细的血痕。

尹大娘第二天还没有来送饭,她走出去时看到原来的那个山洞里一片狼藉,日军果真搜查了那个山洞。山下的村庄里到处冒烟,还时常传来零星的枪声。振振一直在嚷饿,她正愁呢。突然,那片石竹花又映入了她的眼帘。她跑过去,用手摘起花和叶来,摘满一兜就用衣襟兜着回到洞里。

"振振,想爸爸和妈妈不?"

"想!"孩子的眼里一下子蓄满泪水,点点头。

"为了使自己有劲回去找爸爸妈妈,就得吃东西。这花和叶都很好吃,咱们要使劲吃它一顿。看,就像我这样吃。"说着,她往自己嘴里塞进去一把,香甜地咀嚼着,吞咽着。

振振跟着吃起来:"不,不好吃。"

"不好吃也得吃啊,吃吧。"

就这样,她领着孩子在山洞里吃了三天石竹花和叶,第四天终于等来了送饭的尹大娘。这几天,尹大娘也被围在了村里,日本鬼子一走,她就赶紧上了山。

二十多天后,日本鬼子扫荡结束,她领着振振才回到了部队。

她交下孩子,换上衣服,洗洗头,把右鬓角用卡子卡起来,就跑到了野外。来到有石竹花的地方,她惊喜地看到,它们还在热烈地开放着。她立即掐下一朵来,把它慢慢插到了右鬓角的卡子上……

点我一次名好吗

○陈绍龙

20 世纪 80 年代初,我在十里沟中学做教师。十里沟在苏皖交界处,是大别山系的余脉,地处偏僻。现在那里建了铁山寺国家森林公园,那时是省第二少年犯管教所的所在地。

九月了,秋高气爽,校园里散发着青草味儿和扑鼻而来的书香。新学期开始了,又一茬新同学像是枝条上刚发的芽。

老师熟悉这些孩子是从点名开始的。这么多年过去了,学生一茬茬像出巢的小鸟飞走了,记住的不多。忘不了的是一次特殊的点名,一个特殊的学生。

他叫丁丁,是个少年犯。

我们学校离少管所不远。学校为了开展法制教育,分批组织学生到少管所听报告。少管所也愿意和我们学校开展一些互动活动,说这样有利于犯人改造。

丁丁 14 岁,本名叫丁小东,由于他个子小,少年犯和管教干部有时就叫他丁丁。丁丁在第二中队,负责两边水泥路面的清洁。我见到他时,他已把路面拖得很干净了,可他仍旧没有放下手上的拖把,机械地做着拖地的动作。干部说是要培养他们劳动的习惯。

少年犯都穿着统一的衣服,衣服上印有不同的号码。

管教干部告诉我丁丁很聪明,平时学习最刻苦。管教所也配备有老师,帮助少年犯上文化课,老师也是犯人。

丁丁在拖地的时候,我跟他闲聊。丁丁向我提了两个要求,一是他要叫我一声老师,我说行。"老师!"他怯怯地叫了声,我爽快应答着。我的心一颤,真的想抱抱这孩子。多少年了,没有哪一声"老师"能这么让我刻骨铭心的。

我说你还有第二个要求呢。他说:"点我一次名好吗?多少年没人叫我的名字了。"

少年犯也点名,但那是点号。我答应了以后,并征得管教干部同意,让丁小东坐在学生群中。

那天依旧是听报告,就是让少年犯现身说法。我们学生也会为少年犯唱些歌什么的。

那天我点名特别严肃,也极为认真。我像上课一样,点名时不时地抬起头来,环顾学生的情况。我起先只是点其他一些同学的名字。丁丁聚精会神地听着,两只眼睛还不时地盯着我看,唯恐听不到我的声音似的。

"丁小东。"我故意把声音喊得很大。

"到!"丁丁一下子笔直地站了起来。我说坐下,点名是不要站起来的。

"丁小东!"他没有料到我会再点他的名。"到!"他又猛地站了起来。

同学们一阵哄笑。

"坐下,不要站起来!"我一脸严肃,仿佛是训斥一个不听话的孩子。

"丁小东!"我第三次点了他的名。这一次他喊过"到"后刚站起就坐下了。我望着他也禁不住笑了,同学们也笑了,气氛十分活跃,那一刻，他仿佛忘了自己是一个犯人。丁丁坐下来以后自己也笑了。

这是我在少管所看到的最灿烂的笑容。

点我一次名好吗

红 小 豆

○陈绍龙

"没有红小豆，引不来白鸽子。"

我被我妈打一鸡毛掸子显然是上了这句话的当。

我老家房子挺高的，房两面耸有两扇"风火山"。檐角高出屋面有一米多，防风防火的，所以叫"风火山"。高翘的"风火山"成了鸟的栖息地。来"山"上栖息的喜鹊、斑鸠居多。听着鸟的叫声，我便能分辨出"风火山"上站有什么鸟了。那些天，那只小白鸽叫得我心里痒痒的。我正在屋里写大字呢，它"咕咕、咕咕"不停地叫。这是谁家的鸽子？不理它。我干脆用两食指将耳眼堵上。小白鸽呢，像是故意逗我，依旧"咕咕、咕咕"叫个不停。

两篇大字写完，小白鸽还没走。见着我，还"咕咕、咕咕"地点头，像跟你打招呼，嗨，客气着呢。这也让我跟着客气起来，从坛子里抓出一把红小豆来，撒在门前的石阶上。吃吧，吃吧。

小白鸽没给面子，它没来。我估计石阶上的红小豆叫鸡啄了。

第二天，我又在石阶上撒了红小豆。

小白鸽谱摆得也够大的。事情败露是我妈发现门前的石阶上老是有豆。我妈自然对我没有好声腔，拿起鸡毛掸子就打我。我呢，一闪身，只看到有两羽鸡毛在空中飘了起来。

我没少打那坛红小豆的主意。

秋李郢的孩子尚武,爱使"刀枪",那年做"驳壳枪",红小豆派上了用场。"驳壳枪"的枪管是一节竹子。起先"子弹"用的是湿纸。竹竿两头通,两头各用一小团湿纸堵上。"开枪"时只消用削后的筷子做的"枪栓"猛地将一头的湿纸向前推。受空气瞬间挤压,前头的那团"子弹"就飞出去了。湿纸有水分,便冒出"白烟"。有动静、有威力,"驳壳枪"受小孩子的欢迎。只是那湿纸做子弹力道不够,而且湿纸要用干纸在嘴里不停地嚼。再说,哪有那么多纸呢。我自恃聪明,用浸过水的红小豆替代湿纸。红小豆有子弹的模样,用红小豆做子弹,声响够威够力。"试枪"那天恰巧看到一只芦花公鸡,我举枪便瞄。"叭"的一声,鸡飞有一尺多高。这回,真的有两片鸡毛在空中飘了起来。

我哪里知道那只芦花公鸡是李三丫家的。这事一定传到了李三丫的耳朵里了。李三丫要么不理我,要么就对我没有好样子。明明是走对面了,她却故意装作没看见我似的,形同路人;她借我橡皮,转身就掰我的文具盒,没拿自己当外人,连个招呼都不打,用过之后,又转身朝我面前一扔,像使小性子。天地良心,自打我那一次"试枪"之后,我再也没用红小豆"子弹"打过李三丫家那只芦花公鸡。

其实,事情并没有我想象的那么糟。

之后我见着李三丫便斯文了许多,也很少玩"驳壳枪"了;重要的是,我用那没用完的"子弹"做了只"手镯"送给了李三丫。她喜欢用地里的凤仙花汁涂抹指甲,估计会喜欢我送她的"草根首饰"。果然她欣然接受。那天她接过手镯戴在手上之后,便飞也似的跑了,脸颊跟红小豆一样红。

"红豆生南国,春来发几枝。愿君多采撷,此物最相思。"后来我一直想把这首写红豆的诗告诉李三丫,却一直没好意思说出口。

二斤雪花干

○陈绍龙

"二斤雪花干","干"字后面他连加了三个感叹号,仿佛真的听到我们杯盏连连地响。雪融,春已至,温暖,也开心。

这是我昨天收到的一张贺卡,贺卡第一行是"新春快乐",看到后面缀一行"二斤雪花干",我便知是"商丘"朋友寄来的。他知道我的地址?

雪,到处是雪。桥面的雪被碾压后多成了冰疙瘩。年前,我从南京机场接孩子折回苏北。车上长江大桥已是晚上11点多钟。桥面拥堵比我想象的严重得多,不一会儿,马达声渐少,尾灯渐熄。所有的车都停了。

冷,太冷。我想开空调,马达添乱,打不着火了。如果一旦桥通了,我的车走不了,我身后所有的车都会跟着堵,天气预报说明天南京有中雪。高速一封,那我是进不得,退不得。茫然,无助,心发凉。"当、当",有人敲窗:"可能是电瓶问题,俺'帮'你一下吧。"是停在我后边标有"河南商丘"字样的"大货"司机。我俩把电瓶抬上他的车盖前,他打开手机翻盖给我照明,我把电瓶按正负极接到他的电瓶上,他打火为我的电瓶充电。几分钟后,我接好电瓶一打火,车响了。我心里热乎乎的。电瓶彼此充电,我们叫"帮"。

打开空调,暖和多了。我昏昏欲睡。

不知过了多久,"河南商丘"的电喇叭把我惊醒。车外一阵骚动。车走了!

我一打火,问题又来了。任凭我如何加油,车就是动不了。原来车下一块大冰坨打滑,我过不去,两边全是车,又改变不了方向。

"什么破车!""河南商丘"好像生气了,急急跑到我车前,随手将一件工作服朝我左车轱辘下一扔,我一加油门,车过了。"河南商丘"拾起工作服抖掉冰碴儿,我心里一阵感动。

车并没走多远,走了只有两个车身的距离,又停了。

所有的车又停了。

少有的冷。"河南商丘"只是偶尔发动一下车。他一定是冻坏了。我心存感激,下车力邀他上我的车。"河南商丘"也没多推辞:"好家伙,还是你车里暖和。"

我双手递过一张名片,"河南商丘"接过名片,他的手冰凉。我明白他是怎么知道我地址的了。

我们在说话。"河南商丘"不敢睡,他怕他的车凉了打不着火,每过半小时就发动一下车子,只是一小会儿——他的柴油不多了。我所能做的就是不停地陪他说话。

车载电台在播一个天津妇女在桥上被困的事。她的孩子没奶吃,妇女冻得不行,打110求助。记者也知道了,跟着上桥就走了8个小时。一路相助,妇女和孩子终于得救。

我和"河南商丘"调侃:早知俺们都抱个孩子上桥就好了。

我说着感激的话。下次要是路过我住的小城,到我那儿喝酒。话题一直不断。我说我们家乡好朋友相聚,有菜无菜无所谓,萝卜干也行,但是要有酒;哪知"河南商丘"突然感慨起来,也激动,望着窗外:这会儿连萝卜干也没有,只有雪花,雪花干。

"来二斤雪花干""下酒!"他出上句,我出下句,我出左掌,他出右掌。相击,相握。

这当儿车窗外有一人影,稍一驻足,又走了。他大概以为:这哥儿俩,叫雪堵疯了?

一车笑。

凌晨五点二十分。灯大亮,车大鸣。桥通了!"回家喽!"一阵欢悦,好些人在叫。我和"河南商丘"相拥而别。

长江大桥遭遇雪灾,寒彻骨髓。没想到的是,冰天雪地除了带给人寒冷之外,也是体验温情的绝佳时机。寒冷在地,会散;温暖在心,永留。好比我与"河南商丘"在车上用这"二斤雪花干"击掌"下酒",永生难忘。

同 鸟

○李恩杰

在天与地之间,有种特殊的鸟,叫作同鸟。同鸟的一生都在悄然生长着。体型由小到大;颜色由赭褐色到黄色再到黑灰或黑白相间;生活的环境层次由低到高,由现实到空灵。同鸟小的时候是麻雀,长大后变成黄鹂,老了以后就是乌鸦或者喜鹊。

麻雀是同鸟的童年。这时候它如小孩子一般无忧无虑,每天风一样飞来飞去,或者说像一颗颗小石头,被风刮得哗啦啦从耳边擦过。它们蹦蹦跳跳、叽叽喳喳地唱着赞美生活的歌曲。由于这时的同鸟过于娇小,高远的长空对它们来说简直就是一个严肃沉默的老人,它们不敢轻易冒犯,所以,这些麻雀,包括其中的同鸟,活动的场地只限于地面、屋顶,还有低矮的树上。等它们长大了,就自然有勇气,有能力往高空飞。那是以后的事情,太遥远,它们丝毫不想。

在夏天的一个早晨,一只麻雀落入我家的院子。它在觅食,我认出来了。那是一只同鸟,我没有赶走它,看着它与那小鸡一起吃麦粒。麦粒是浅红色的,颗颗饱满、精神。等到鸡们吃饱了,那只麻雀也拍拍肚子满腹而归。只是在它起飞的时候一下子撞了我的肩膀,又落在地上。我生气地望着它,它满脸羞涩与歉意。我立刻原谅了它,就像原谅一个无意间冲撞我又冒犯我的小孩一样。

同鸟长大后就变成了黄鹂，一身诱人的金黄，热烈，踌躇满志，也能唱好多清脆婉转的歌儿。这时它们将巢筑在树枝间比较隐蔽的地方，成家立业，繁衍后代。它们很少下地，总是在树林的中层活动，偶尔为了喝水才来到地上。

那时我家后面还有一株不小的槐树，枝繁叶茂，郁郁葱葱。有阵子同鸟曾在那繁枝茂叶里安家。我看不到它住所的具体位置，但我肯定就在那里，那近在咫尺，目光却挤不进去的地方。不知何时，我欣喜地认出这有着美丽羽翼的黄鹂竟然是两年前冲撞我的那只麻雀。当时它还太小，没能记清我的模样，现在它不认识我，可我认得它。我住在二楼，每天一打开后窗，便能看到它穿梭在枝丫间，歌声动听。我们渐渐成了朋友，我经常捉一些小昆虫给它吃。我把小虫掐个半死，放到窗台上，它就飞过来了，带着一阵轻盈的风。它为我唱歌，或者不是为我，或者，唱歌是它唯一的表达方式，它必须时时吟唱，以免陷入孤独。我无意中提高了它的兴致，可能是这样。这只黄鹂的歌声优美动听，热情洋溢。但渐渐的，这歌声中就有了不和谐的、悲伤的音符出现。也许不是悲伤，是一种复杂的情感，迷茫，忧郁，还是烦闷、无聊？总之，在一段时间以后，我就听不懂了。有时它昔日快乐的歌声在我的梦中陡然出现，我便会受惊，一种莫名的恐惧油然而生。我从梦中挣脱，逃回到自己的床上，无助地独对窗外漆黑的长夜。我急于去寻找它歌声中的秘密，去窥探它那悠远缥缈的灵魂，可是就在那个秋天，房后的槐树被伐倒，它，那只同鸟，再无影踪。我找遍了摔倒在地遍体鳞伤的槐树，早有预感，没发现鸟巢。它飞走了吗？莫非，它把家也带走了？

同鸟一老，就会变得格外稳重。你看一看在天空中盘桓，在树梢上漫飞的喜鹊乌鸦，你就明白了。这些老的同鸟生活在树的最高层以及整个天空，它们庞大的身躯里面置放着岁月与沧桑。变成喜鹊的同鸟头发白了,胡子眉毛都白了,德高望重,成为人们尊重与爱戴的老者;可是变作乌鸦的同鸟,人们见它该黑的地方黑着,该白的地方还黑着,这太不符合常理啦。人们生气了,这太不像话了嘛! 人们对于异数,都是唯恐避之不及。它一来大家都觉得倒霉、晦气,不愿见到它。它忘记了自己已经不是昔时有着漂亮羽毛和美妙歌声的黄鹂,它感到委屈,就激动地辩解。人们一听它那喑哑的声音,便愚蠢地以为那是灾难的前兆,慌忙将它赶走,让它远远滚蛋。人们不知道灾难如果来的话,什么也不管什么也不顾就来了,根本不可能提前给人类通风报信的。

有一天,我经过树林,看见一只乌鸦在吃摔在地上烂成一摊的鸡蛋。我认出这是一只衰老的同鸟,再定睛一看,竟然是以前我家院后的那只不眠歌唱的黄鹂。我为了不打扰它,停下脚步屏住呼吸立在离它不远的地方。但一头闲逛的牛犊从一旁跑过来,惊吓了这只老鸟。乌鸦跳到树上,焦急地望着下面发生的事情。不懂事的牛犊把鼻子凑近鸡蛋闻了闻,走开卧到了一边。它对这东西不感兴趣。乌鸦却久久不肯下来享用它的美餐。这只苍老的同鸟,经历了那么多事情,到最后被人们厌恶,好不容易遇到一顿美食,却被这年轻的牛犊打搅了。我抬起脚,恶狠狠地踢跑了同样无辜的牛犊。不仅仅是因为树上的乌鸦曾经是冲撞过我的小麻雀,也不仅仅是因为我曾经多么喜欢它以前那美妙的嗓音。即使我不认识它,没有见过它,我也同样会这样做。蹲在树枝上的同鸟仿佛认出了我,也许我似曾相识的面孔让它想起了许多遗失在岁月风尘中的往事。它冲我点了点头,眼中充满慈爱与感激。然后它落了下来,一直等它吃完吃好,飞往高空盘旋一阵又落在树顶,我才离开这个地方。

老了的同鸟变成喜鹊或者乌鸦。喜鹊和乌鸦最终会在树上死亡,然后再坠于地上,叶落归根一样。它们始终不忘还是麻雀时就曾经玩耍过的土地。

那只麻雀撞向我的脸庞时，我已经是个半大的孩子了；而这只乌鸦最后死亡时，我才刚刚长大。同鸟的一生只有匆匆几个春秋，而人的一辈子，也就那么几十年光阴。

我在刚刚长大的时候，徘徊在路边，某个时刻抬头向前一望，无意间窥探到了自己的明天和死亡。

老　人

○李恩杰

　　我从小便和老人一起生活，他是我唯一的依靠。

　　也许世界上还有其他人与我相关，但从未听老人提起过。老人的话不多。

　　总之，从我记得事的时候，我就跟着老人日夜兼程地奔波、旅行，行走在莫名其妙的旅途中。我睡着的时候老人在做着别的事情，我醒来的时候老人总是正默默地注视着我，然后一句"走吧"我们便再次起程。几乎每次都是这样，我甚至怀疑老人从来没有休息过。我酣睡的时候，老人都做了些什么呢？

　　老人脾气古怪，他时而严肃冷峻，时而和蔼可亲；时而开怀大笑，时而愁眉不展；有时候像阳光一样温暖怡人，有时候却阴郁晦暗，如一个无情的杀手……可是无论老人的性格和情绪如何变化，总有一点一成不变，那就是，老人从不肯停下脚步。哪怕只歇一会儿，他也不会这样做。老人总是坚定不移地走向前方，从不询问也不计较前方是什么地方，是否凶险。

　　不知不觉中，我已长大成人，然而我仍然要跟随着老人生活。我离不开老人，就像鱼类离不开水，鸟类离不开翅膀一样。

　　这么多年风雨兼程，我从老人身上学会了许多东西，也明白了不少道理。

可一直令我迷惑不解的是，老人虽然已白发苍苍，皱纹分割着脸庞，但他依旧神采奕奕，健步如飞，没有一点衰老的迹象；至于疾病，就更不能接近他了。而现在的老人，竟然跟我很小的时候对他的印象几乎一模一样——也就是说，这二十年来，他竟然一点也没有发生变化！

对于这个问题，我曾不止一次地问过老人，但他总是神秘地笑笑，继而说："孩子，你不必明白。我永远是老人，但不会老去。"

即便我早已不是孩子了。可老人仍然这样叫着，老人是不可改变的。

有的时候，我抱怨老人行走的速度太快，老人总是惊讶地说："我走得一点也不快呀，我的速度从来都是固定的。"

又有时候，我心情迫切，急着要赶到前面去，而老人却不紧不慢从从容容地走着，一点也不在乎我的感受，我愤怒了："能不能走快点，这样对我来说简直是一种煎熬！"

老人瞥了我一眼，平静地说："孩子，何必这么着急呢，我走得不慢，和平常一样。是你走得太快了。"

我真琢磨不透老人，有时对他极度厌烦，又同时离不开他；有时满心的讨好他，他却不理不睬；有时我觉得他一无是处，是无可奈何的包袱，有时却不得不承认老人极其谨慎、果敢，是一个洞察一切的智者；有时老人让我明白，只要付出，总会有回报；有时他又让我知道无所事事或碌碌无为的后果，使我后悔不已。

有一次，我们听人说前方正在打仗，炮火连天，血流成河，我害怕至极，畏缩着不肯往前走，老人严肃地说："这段路是你的必由之路，不管你愿不愿意，都必须走，你别无选择。"但我还是畏首畏尾，犹豫不决。老人就执意拉着我，向前走去。他的力量出奇地大，由不得我挣扎后退。经过几番血的洗礼，逃过了一次又一次的劫难之后，我们终于走出了战争地带。这时我开始沾沾自喜了，没想到战乱并不是那么可怕，只要敢于面对，就能够走出困境。

又有一次，我们将要穿越一个正在遭受旱灾，饥荒严重的地区。我想几次出生入死，枪林弹雨我都安全地挺了过来，对前面迫近的危险便不屑一顾，认为顶多是忍受一下饥饿这么简单的事情，终于没在意老人的告诫，刚入境没多久便被那些饥渴难耐几近疯狂的灾民抢走了仅有的干粮和水。望着这哀鸿遍野、饿殍满地的景象，我开始恐慌，此时我不得不对前途感到担忧了。如果自己死在了这个地方，上天会怎样地嘲讽我呀。幸亏机智的老人在暗处还藏着一些食物，我们才得以维持生命。但是不久，这些东西全被我狼吞虎咽般地消灭得干干净净。老人叹息一声，说："我一再告诫你不要吃得太多，以后还会有很长的路。这下子我们只有挨饿了，你贪图一时之快，马上就会得到惩罚。"

以后的日子是如何过来的我永远也不会忘记。饥饿的滋味原来是这样难以忍受，前心贴后背，肚子里仿佛有无数条虫子爬来爬去，常常，半夜里的我被无情地饿醒。剩余的路程我们只能以仅存的、肮脏的野菜树皮充饥，遇上臭水沟也会大喝一阵子，运气好的话还会捉到一两只有气无力的小动物，比如田鼠、麻雀之类，接下来就是津津有味的生吞活剥……历尽千辛万苦，我与老人终于走到了富饶之乡。这时我已瘦得皮包骨头了。

从此，我再也不敢轻视前面的路程。

这两次艰难的跋涉给我的教训实在是太刻骨铭心了。同时，老人节奏分明的脚步声也在时时提醒着我，容不得我有丝毫倦怠。

可为什么老人的脚步永不停歇？这一直是我急于知道答案的谜题。难道连一刻也不能休息吗？就是在旅途中睡上一个月又有何妨？这对以后的路并没有多大影响呀。可是在不久前，我似乎隐约地明白了其中的缘由。

当时我们正在那块广袤无垠的沼泽地里跋涉。一个倾盆大雨的晚上，我疲惫到了极点，浑身疼痛，四肢麻木，一步也不想再往前挪了。正好我们遇到了一所被搁弃在荒原上的小木屋，我请求老人说："我又饿又冷，而且累得没有一点力气了，能不能休息一夜再走？""不！"老人坚决地做出了否定的回答，"我也同你一样，又乏又困，但我们还得往前走，我们不可以休息，你没有办法逃避。"我立刻绝望起来，这太不公平了，为什么要这样残忍地对待自己？我决定不走了，不睡一觉我会死的。老人无情地说："你不往前走也可以，但我必须得走。你自己承担后果吧。"说完这句话，老人头也不回就上路了。我扑过去，扯住他的衣服，抱紧他的腿，任委屈的哭声响彻原野："别抛下我，求求你别抛下我，我确实累得不行了……"不管我怎样哀求，怎样痛哭，老人最终还是走了。我含着泪水在小木屋里昏睡过去。

第二天黄昏，我醒了，浑身发麻。惊醒的我发现四周一片空虚、荒芜和寂寥，不禁毛骨悚然。老人在哪儿？我……怎么能够离开老人呢？失去了他，我的存在还有什么意义？我格外后悔，恨前一天夜里没能够挽留住老人。可老人是不会停歇的，是谁也留不住的，恨只恨自己意志力不够坚强。老人，老人，老人……我拖着麻木的肢体，不顾一切地狂奔，顺着老人残存的脚印。二十多天后，我终于追赶上了老人。他宽容地笑一笑，拉起我的手，这时我的疲累之感远远甚于那个夜晚。我终于明白，人生的路是不能够停滞不前的。如果滞留于过去，老人会抛弃我们的。我，我们，任何一个人，都离不开老人。沉睡一天一夜的代价是接近一个月劳累的狂奔。

有一天，我们经过一座城市。一个戴帽子的青年拦住了我，他问："跟你一块儿的这位老人看上去很精神，能告诉我他的名字吗？"这时我才想起，我忽略了一个多么重要的问题，卑小的我尚且有名有姓

（虽然我常被老人唤作孩子），而最顽强最坚定的老人，他的名字肯定不同凡响吧。于是我便走上前去，鼓起勇气说："跟了你这么长时间，我还不知道你的名字呢。"起初我以为一向神秘的他不会告诉我，可老人的回答却证明了我的想法是错误的。"其实刚才你已经说出来了，我的名字，就是——"他顿了顿，"时间，或者时光。"

老
人

失　主

○李恩杰

　　那天,我只身去了二手市场,想着挑一辆实惠的自行车,以车代步,以后就不用天天来回奔走了。

　　卖车的还真不少,翻新的自行车像即将出征的战士一样威风凛凛地一排排站立着。随便看了几辆,我发现了一个问题:凡是外表光鲜的,不但价格贵,而且大多都是质量不好的,单薄,易坏,不真实。我比较在乎我的钱,同时想找结实一点,能够真心实意地为我出力流汗的坐骑。可是这样的好事哪里才有?

　　那个卖车的老汉被我弄烦了,指着角落里一辆破旧的、满是污垢的公路自行车,说:"要是想找便宜的,就拿这辆,我还没来得及翻修,现在简单地修一下,该配的零件给你配,五十块钱,咋样?"

　　我凑近了那个黑乎乎的家伙,经过仔细一番盘看,我意识到,这其实是一辆好车,虽然看上去那么龌龊,可那完全是它的前主人的问题,它甚至有七八成新哩。看它那骨架,是非常结实耐用的。

　　我同意了。

　　在老汉修理它的同时,我又一次打量它,心想,你这家伙,看看以后我怎么折磨你吧。

　　修完之后,我简单地把车子擦了一下,它终于有了些干净、可爱的模样。

这辆车确实结实得无与伦比，我甚至能骑着它下不太陡的阶梯。而它也任劳任怨，一声不吭。骑得快的时候，才能够听见轮子上条辐跟空气纠缠的声音。

我只是一直没有去擦拭它。也是因为我事情繁乱，经常忙得晕头转向，也是因为我生性懒惰，得过且过。

可是后来，出了一个有惊无险的小小的车祸。原因呢，是由于我骑得太快，也是因为那个收垃圾的男人横穿马路。没撞着，只是稍微刮了一下，可是由于我刹车过猛，闸条被挣断了。

修车的时候换了一根崭新的闸条，并且连外边的护管也换了。

可是再骑这车的时候，我总觉得有些别扭。后来才发现是闸条太新了，跟其他部分特别不协调。它影响了我骑车的心情。没办法，我只好趁着一个周末，花费了两个小时的工夫，用去了半瓶洗洁精，仔细地将车体擦了一遍，直到胳膊酸痛，小腿抽筋。完事之后，我惊讶地发现，出现在我面前的，几乎是一辆新的自行车。又黑又细腻的油漆迸发出流利的光芒。我有些沾沾自喜，甚至飘飘然忘乎所以。

我开始注意卫生了，挤出一些时间，把房子里也仔细打扫、收拾，把我的所有物品进行分类、整理。该扔的扔，该卖的卖。于是一切都变得整洁，变得井然有序、有条不紊。我觉得世界美好了起来，我开始热爱生活了。我每天都兴高采烈，无论到哪里都是哼着欢快的小调，连步子都轻快了起来。骑着我心爱的自行车，行驶在马路上，我的心情好得一塌糊涂，我觉得，我跟那些开宝马奔驰的人们没有什么差别。

然而悲剧发生了，就在我们脱胎换骨后的第七天，我去体育馆打球，把它锁在门口，我还特意把它锁在了宣传栏的不锈钢柱子上。可是，等我大汗淋漓地走出体育馆的时候，它，已经，不见了。我徒劳地四处寻找，最后在不远处的一个垃圾箱里找到了那把被绞断的锁。

失
主

我该怎么样形容自己的心情呢，简直糟糕透顶。可是，眼下我唯一需要做的，就是再去买一辆这样的自行车，把我的生活和心情修复完好。

我的哥们曹操

○陆梦

曹操那小子,别看现在人五人六,装腔作势,号称一人之下万人之上,当初要没有我,哪有他今天?

你说我吹牛,嗨,吹啥牛啊。且听我从小时候讲起。

我们村头有一棵古老的桑葚树,结满了白色的葚果。曹操喜欢爬上树摘葚果吃。树上的小孩很多,曹操不喜欢有人踩在他头上,就爬到了树巅,够到了上面最好的葚果,还没来得及享受,就一头从树上栽下来,掉进了树下的池塘。曹操的头在水里一浮一浮的,小伙伴们都惊呆了。我坐在池塘边开心地拍手称赞,没想到曹操竟然从那么高的树上跃下,游泳的水平那么高。后来,我听到那小子喊我:"许攸……"沉入水底,我更开心了,这小子在卖弄呢。曹操的头又从水里钻出:"救我!"我这才明白,那小子给水淹了。我跳入水中,凭着娴熟的游泳技术,很快游到曹操身边,一巴掌把他打晕,拽着他的头发把他拖出了水面。我小时候父亲就告诫我,救落水者第一步就是把他打晕,要不然两人都得死。

曹操在官渡和袁绍展开拉锯战时,我正在袁绍的麾下。凭着我对曹操的了解,给袁绍很多建议,他都不采纳,还孤立我,说我和曹操从小一块儿长大,那些建议都居心叵测,就是间接帮助曹操。为此,我很痛心，人家说知己知彼百战不殆，为啥袁绍就不听呢。喝了很多闷酒，遭了袁绍很多白眼后，我不得不重新寻找出路，想在袁绍这儿有一席之地是做梦，想都不用想了。既然连袁绍都认为我和曹操很铁，我何不去投奔曹操呢，听说曹操混得相当不错，不像我招人奚落。说干就干。我夜里从袁绍那儿去投奔曹操，曹操激动得连鞋子都没穿，出来迎接我。我是相当激动啊，毕竟是发小，这关系在这儿摆着就是不一样啊，不像袁绍那小子，小肚鸡肠。我出谋划策偷袭袁绍粮库乌巢，使得陷入困境中的曹操扭转了战局，取得了官渡之战的胜利，奠定了他宰相稳固的基础。

从此，我又和曹操在一起，好像回到了儿时，我喜欢喊他小名阿瞒，主要是喊顺嘴了。别的将士不服气，不断地向曹操献谗言，说我不尊重宰相，他们哪知道我们之间的关系呢。曹操对那些进谗言的将士说："许攸和我不但是同窗，还是我的救命恩人，他想怎么喊我，都成。"

曹操这话正中我心，所以我更肆无忌惮，有点飘飘然。在开重要会议时，我总是故意提不同意见，举一反三地论证曹操是错的。曹操面对众怒总是笑容满面地说："听许攸的，他说得对，说得好。"

就像那次干旱之后，粮食奇缺，士兵吃不饱饭，经常处于饥饿状态。曹操到我府上，向我请教应急方法。我苦思冥想，终于想出一个法子：禁止酿酒，把粮食省下来，分给士兵吃，这样就可以渡过难关。当然还要禁止大家饮酒。

曹操又问："如果有人不听呢？"我不假思索地说："违者斩首。"

禁酒令开展得轰轰烈烈。曹操真给我面子，还让许褚日夜骑马巡逻，遇到饮酒者立斩马下。

月圆之夜，我被曹操接到他大帐。曹操笑眯眯地从背后拽出一坛酒，没有名字，估计是他故意撕去的，怕将士偷喝。曹操拽着那坛酒：

"怎样？知道你馋酒了，今夜就解解馋，不醉不归？"

我连连摆手："不可、不可，我们要带头遵守戒令。要不众将士不服啊。"

"来来，规矩是我们定的，他们也不知道我们喝酒啊。我让他们都下去了，放心，喝，不但要喝，还要喝好，谁让咱俩是哥们，光腚长大，肝胆相照。"曹操的笑容迷死个人啊。

我言听计从，敞开怀，对着我儿时的伙伴，喝得是畅快淋漓。

夜半，我从曹操大帐走出，一阵冷风吹过，头脑一阵清醒，正想迈步往前走，一阵嘚嘚嘚的马蹄声向我奔来，许褚手舞一把冷月剑向我劈来。我对着许褚大喊："住手，曹操是我哥们，你敢！"

头离开脖颈时，我清楚地听到许褚说："斩的就是你！"

穿越狼塔山

○陆梦

　　蒙特开曾达坂海拔高度为3960米，是完整穿越狼塔山的关键点，队员们顶着风雪攀爬蒙特开曾达坂。

　　登上绝壁的时候，李勇脚下一滑，随手抓住一块裸岩，登山包在他后背使劲下坠，他腾出左手，想使劲全力爬上去。"抓住我的手，李队！"花花跪在雪地上，李勇一把抓住，身子往后滑了半米。花花把冰镐插在积雪里，这样可以延缓移动速度。一块岩石恰好挡在前面，花花喘了口气，想通过岩石的阻力把李勇拉上来，因为力气单薄，只是徒劳，积雪反而簌簌落在李勇的脸上。"如果花花就此撒手，我就完了。"李勇忽然醒悟过来，如果当时抓住裸岩，还有一线生机。他绝望地闭上了眼睛，心里还在恼恨自己为啥不留意脚下，带队这么久，还从来没出现这么大的失误。

　　李勇说："你松手吧，别把你也坠下去了。""别说话，你抓住岩石，我不会松手的，除非咱俩一起掉下去。"花花已经力不从心了。李勇恨不得用自己的大胡子搓根绳，吊死自己。

　　幸亏前头队员看不到他们已经找了回来，几人合力把李勇拽了上来。

　　翻越柯纳尕依特达坂就进入狼塔山的地界。

李勇回头数数落在后面的徒步爱好者,心中满是担忧。这次徒步穿越狼塔山的一共有 13 人,两女十一男。进山之前,刑侦队的老李叮嘱过李勇,每次徒步出山后,总有一批毒品流入市场。老李怀疑这批毒品就是由"狼塔线"穿越爱好者带出来的。李勇这次带队,还有个任务就是查出谁是带毒品的人,以及背后的链条。

李勇和队员们四天相处下来,逐渐排除了 6 人,剩下的 6 人就不好说了,没有查到之前,个个是嫌疑对象,当然,也存在另一种可能,就是这次没人携带毒品穿越。

中午到了尔特兰塔河边。河里已经结冰。大家穿上冰抓行走在冰河上,没有在冰面行走过的队员觉得很新鲜,有几位男队员还呜哇哇喊起来,不知道是谁,打了几声尖锐的口哨,惊得头顶盘旋的老鹰嗖地飞远了。

"救命啊!"花花一声惊叫,沉入冰下,不见了。李勇走在最前面,听到惊叫声赶紧后退,看到冰面上刚容得下一个人的冰洞,他趴在冰洞前,伸手往水里,试图抓住掉入水中的花花。河面虽然结冰了,冰下的水流很急。李勇面对突发事件,迅速脱光衣服,一头扎进了冰洞。

大家眼睁睁地盯着冰面:一分钟、两分钟……十分钟后,花花被托举出来。队友赶紧上前把花花拽了上来,花花出来衣服就迅速结冰,上下牙激烈地打架,她惊恐地连哭都不敢了。有经验的队员第一时间,没容花花反抗就脱光了她的衣服,几人用雪在她身上揉搓。李勇上岸后,看到花花身上还在结冰说这样不行,得用力,他抓起一把雪,在花花身上大幅度地揉搓起来。其他队员也放开了手脚,用雪搓遍了花花全身,不一会儿,花花的身体就红了起来,有了温度。花花哆嗦着穿上备用衣服后,大家才想起冰洞,猜想,更早的时候,有人砸冰取水,冰面还没来得及冻结实,刚好花花一脚踩上去,掉了下去。

岸上已经生起了火堆,女队员燕子已经把花花的衣服抱到岸边烘烤。她把花花包里的卫生巾、化妆品掏了出来。花花一看到卫生巾，伸手拿了过来，揣在怀中。燕子说："不能用了，里面都是水，很沉的，扔火里吧，用我的。"花花看了几眼燕子，眼睛眨巴几下没说话。

李勇一下警觉了，他盯着花花怀里鼓鼓的地方，那么湿的一包东西，来不及擦水，就塞进刚刚结冰的身体，一般的女人根本不会这么干。除非？花花看李勇紧盯着她，一下紧张起来，惊慌失措的眼神不知该看向哪里。气氛如零下25度的空气，瞬间冰冷了。几只雪鸡叽叽喳喳走过来看着队员们，有一只还啄了一下李勇的登山鞋，把自己吓得往后退，长尾巴在雪地上划了一道长长的痕。狼牙想抓住那只调皮的雪鸡，刚一举动，雪鸡就飞了旁边的梭梭丛里，震得积雪纷纷扬扬飘落。

徒步的时候，花花和李勇保持了距离，远远地走在队伍中间，李勇的一声咳嗽，都让花花惊得回头瞟上一眼。李勇知道那包卫生巾有问题，却不知道如何拦得下。

就要出山了，李勇下定决心，只要到了目的地，他就撕下脸，硬要下那包卫生巾，不管用什么方法。

登上达坂，大家伙儿都开心地欢呼起来，在达坂和蓝天雪峰合影是每个徒步者的梦想与心愿。李勇挤到花花身后，拍了一下花花的肩膀，花花笑笑掏出那包卫生巾，使劲扔下山，她说用不着了，狼塔山太纯净了，容不得半点污染。李勇吃惊地看着花花跳跃着下山，长长地舒了口气。

远处的山头，几头狼正在追逐一群北山羊，一只雪豹在更高处俯视着羊群的动向，两只金雕从雪豹头上掠过……

遭遇沙漠狼

○陆梦

王飞是在沙尘暴停了之后发现那群狼的。

沙尘暴来势汹汹,探险队的车才排到一起,就被沙子掩埋了。一切都安静下来后,大家互相解救,下车清理沙子。在车子底下,趴着很多沙漠狼。它们茫然地看着队员们,然后钻出车底,抖索身上的沙子。有人吓得尖叫起来,也不管沙子还掩埋着车,就往车上爬。大家都惊慌失措,不知该如何逃命。王飞觉得遭遇狼群比沙尘暴还可怕,因为十年前,他第一次带领探险队穿越古尔班通沙漠,一点经验也没有,仅凭着年轻气盛。在沙漠里,他们和沙漠狼遭遇了,队员们纷纷从车里拽出器械,和狼们大战一场。王飞把头狼的嘴挑豁了,才逃脱狼群的包围。王飞现在已经具备了在沙漠里生存的经验,面对突发事件,总能冷静处理。这次看到这么多狼,他也懵了。幸亏,那些狼抖落掉沙子,离开了车队。

看到狼群远去,大家放快速度清理沙子。一切搞定,队员们吃饱喝足,又上路了。

行程到第三日时,他们又遭遇了那群沙漠狼。看到还是那群狼,讲解员百灵鸟特别兴奋,她竟然说,这群狼和队员们是患难之交,可能是想和大家伙儿交朋友。队里的人听了很开心地拍照片,有的甚至想等沙漠狼走近些,好抓拍狼的表情。

队友们吃喝的时候,那些狼就散坐在不远的地方。有几只狼不停地咽口水。百灵鸟扔了一块压缩饼干,一头狼快速叼走,放在地上嗅了几嗅,就不再看一眼。百灵鸟不死心,又把牛肉罐头扔了过去,群狼竟然无动于衷了。

当王飞看到一只豁着嘴唇、零星的黄牙裸露在外、眼神凌厉地射向每一个企图窥探它的狼时,心一下抽动起来,这就是十年前他挑豁嘴的那头狼。他不相信,世上哪有那么巧的事,古尔班通沙漠这么大,怎么可能会有二次相遇。再说,这几年旅行者很少能看到沙漠狼了,听说快要绝迹了,就是遇到,人和狼都能相安无事地擦肩而过。这头豁嘴狼,说不定带着它的后代寻仇来了。王飞把自己的担忧对大家讲了,希望大家提高警惕,随时防备群狼的进攻。

王飞的话一落,队里的人电打一样爬上车,帐篷也不支了。大家在车里蜷缩着等待着天明。夜深人静时,"啊……呜……啊……呜呜……"的声音此起彼伏。

天露出一丝光亮,地平线开始出现移动的小黑点,一个,两个,三个……沙漠狼开始激动起来,躁动不安地挖掘着沙子。王飞一看远处还有更多的黑点往这儿聚集,惊慌的命令大家赶快前进。让人想不到的是,狼群好像得到了指令,竟然排成队,拦在了车头。大家开始紧张起来,胆小的队员吓尿了。

远处的黑点越聚越多。

王飞的车已经被群狼包围得水泄不通。远处的沙包上,豁嘴狼坐在上面,藐视着惊慌的车队,它不时地低嚎几声,每一声发出,群狼都会变换位置,远处的黑点已经变成了狼,把车队包围了。

车队和狼群僵持着,太阳越升越高。灼浪开始翻滚。如果再这样僵持下去,大家都会变成干尸。

队员们焦急万分,想不出更好的对策。有一辆越野车冲撞狼群,试图杀开一条血路。哪知道,更多的狼快速补了上去,越野车寸步难行。沙包上的豁嘴狼又是一声嚎,越野车跟前的狼开始进攻,啃车轮的,用头撞车玻璃的,扑哧、扑哧声,剧烈的撞击声,还有队员惊慌的喊叫声,女人绝望的哭声,在沙漠的热浪里让人窒息。

正在这混乱的时候,王飞的车门忽然打开,王飞跳了下去,车门随机关上,扩音器里传出百灵鸟的声音:"大家做好准备,王队已经下去,大家开足马力冲出去!"

王飞被群狼包围了。

车队掀起滚烫的沙子,脱离了群狼的包围圈。

行驶一百公里后,车队不约而同地停下。王飞为了救大家跳下车,一定被狼吃得只剩下衣服了,连骨头也不会剩下。大家的心情很沉重。那辆越野车调转了车头,顺着原路返回。其他的车子也调转了车头,紧紧跟在后面,只有百灵鸟紧紧地抓住扩音器,一动不动。

狼群驻足的地方已经不见一头狼,队里的人就像做了一场梦,狼群消失得连痕迹也没留下。王飞一个人静静地躺在沙地上,没有了知觉。

回城后,王飞对百灵鸟说:"我不怨你,你推我出去时,我也正想跳下去,你也是为了救大家,我理解。当群狼看到你们绝尘而去,留下我一人,它们围着我哀号了很久,就迅速撤离了。狼,有时比人更让人猜不透。"

在唐诗中割麦

○刘怀远

现在收麦大多用收割机,而在靠山屯还是靠镰刀。为什么呢?一是地块零散,二是高低错落,收割机根本没法儿开进去。

村里的青壮年都在外面打工,麦收匆匆回来两天,又匆匆回去。村主任老王在地里转了一圈,看到北坡上相隔不远的两块麦田开始泛黄,心里火烧火燎般急。这两块地每年的收种都比别家晚,并且还都是老王费心操持,一块是五保户高奶奶的,一块是残疾人老朱的。

老王回到家,给在城里上班的女儿小菊打电话,让她星期天务必回来,帮这两户人家割麦。女儿不肯,说她所在的旅行社最近太忙了,忙得屁股都没挨过椅子。老王说:抢收还要抢种,再忙你也要回来,不然爹就自己去收麦,累死也要去。说完不给女儿再说话的机会,啪地挂断电话。

过了两天,电话响了,是女儿的号码。老王以为女儿是推脱割麦的,就不想接。电话响了好几遍,老王才拿起电话。

女儿说:爸,我星期天组织些人回去割麦,但您要答应我个条件。

只要你回来割麦,100 个条件我都答应。

那好,您准备 50 把镰刀,50 顶崭新的草帽。

老王说:镰刀可以去每家借,可草帽要买呀。

女儿说：您买吧，到时候我给钱。

一顶草帽好几块钱呢。老王本来不想答应，可是想到金黄的麦子，只有点头。

老王说：这么多人，来了吃什么？

小菊说：让娘多贴几锅玉米面饼子，火候掌握到焦脆，再挑些野菜，洗净，蘸大酱就行。

星期天，老王一早就来到北坡等候。

八点了，人没来。

九点了，人仍没来。

老王心里急起来，斜眼看看越来越热的太阳，往手心猛啐两口唾沫，抄起镰刀，自己咔咔地割起麦子来。

这时，一辆豪华大巴车卷着黄土由远而近，停在了坡边。

老王直起腰看，车门打开，下来女儿小菊。一看女儿，老王鼻子快气歪了——这是来割麦的吗？一身西装套裙，扎着领结，手里还提着一个电喇叭。

紧接着又下来了一大帮城里的青年，有说有笑的。

小菊拿着电喇叭说道：我们从小就学过"锄禾日当午，汗滴禾下土"的诗句，却没有真正接触过农活儿。下面大家就亲自体验。大家自由分成两组，一块麦田算一组，咱们来个友谊割麦比赛！

好啊。青年们沸腾起来，个个摩拳擦掌。

小菊说：下面请靠山屯村村主任宣布割麦比赛正式开始！

电喇叭递到老王面前，老王想说几句感谢的话，话到嘴边，却突然结巴了：开……开始！

两伙人就你追我赶地割起麦子来。

小菊没有割，依旧对着电喇叭说，唐代诗人白居易有首著名的《观刈麦》，诗中写道：田家少闲月，五月人倍忙。夜来南风起，小麦覆小菊对老王说：爹，你回去安排把中午饭送来吧。

老王应着，赶紧回村。看老伴儿正贴饼子，自己就去择野菜，又想想来的这帮细皮嫩肉，就自作主张买来十斤五花肉炖了。

饭送到地头，麦子已经割完，小菊正领着青年们拾麦穗。

老王心里高兴，大喊：开饭喽！

青年们呼啦一下围上来，把玉米饼子和野菜大酱吃个精光，炖的五花肉却没动一筷子。

小菊又拿起电喇叭说：收完麦子的土地，接下来就会灌溉、耕种，种上玉米或大豆，三个多月后，又是一片丰收的景象……

青年们雀跃，说夏种时一定要组织我们来哟！

小菊说：好，好，大家上车吧。每个人可以拿走一把麦穗，带走你们头上的草帽，当作此次"丰收一日游"的纪念。

人们都上了车，小菊掏出一沓钱，递给爹。

老王说：你发的工资？

小菊说：不，是给咱割麦的钱。

啥？来给咱帮忙，还给咱钱？

那天您打完电话，我给经理请假，经理灵机 ·动，说咱组织个"丰收一日游"，既能帮你爹割麦子，还可以创收。我担心不会有人来，哪知广告一打出去，来交钱报名的人排成队。这钱经理让给您，已经扣去了我们旅行社的费用。

老王眼睛眯到了一起，说：咱不收钱都可以，秋上给多多地拉几车人来吧，就不让在外面打工的回来收秋了。

小菊笑笑，说：什么都靠个新鲜，到时候再看吧。

旅游车卷着黄土开走了。车开出很远，老王攥着钱的手还使劲地挥舞，耳畔还回响着女儿吟诵的好听的唐诗和唐诗中沙沙的割麦声。

修　路

○刘怀远

　　大头当老板搞工程,一年四季待在城里。大头却有故乡情结,想给村里做点好事,就把从镇上到村子的土路铺成沥青路。

　　开工的那几天,村里沸腾了,村人敦厚,心怀感激,却没谁能对大头说几句感恩的话,更没人提出在路边给大头竖块捐资筑路的功德碑了。大头就像欠缺点什么,思来想去,对手下负责地说,少修一里吧。

　　沥青路铺成了,出行方便很多,等走到坑坑洼洼的一里土路,把人们颠簸得很了,就说,还是公路好,大头人真好。这话传到大头耳朵里,大头很高兴,看来少修一里路是对的。

　　大头修路的事被市电视台知道了,拉着大头回村要拍个专题片。快进村了,车子停了下来,前面的一里土路被碾轧得沟壑起伏。面对镜头,大头只好说,我村没修公路前,汽车在雨天是开不进来的。这段路没修,都怪我资金不足就匆匆开工。

　　记者抓住这句话大做文章,大力宣传大头倾囊修路的高尚。大头成了远近闻名的慈善企业家,手上的工程更多了。

　　大头忙工程着急上火,小病了一次,住进医院。第二天早起,病房里拥进来一群人,都是村里的乡亲,对大头嘘寒问暖。大头好奇乡亲们怎么得知的。乡亲们说是村里跟着大头干活儿的人打了电话。大头心里很热乎,原来大家在不声不响地关心着自己啊。临走,人们把带来的东西摆了一地。二婶满是歉意地指着篮子里的土鸡蛋说,路上磕碎了几个。三哥也说,我种的西瓜脆生,稍一震就炸了口儿,你要赶紧吃。大头知道,这是被那一里土路给颠的。大头脸红了红,说等我病好了,一定尽快把那一里路修起来。三哥说,不急不急,你弄着一大摊子工程,用钱的地方多。

一年后,大头工地上发生了一起事故,造成严重工伤,伤者除了一个外地的,其余几个都是本村的。经过治疗,受伤的工人脱离了生命危险,但都留下终身残疾。那个外地工人拿着巨额的赔偿回家了,剩下来该解决本村几个人的赔付了。

大头把几个伤者和家属叫在一起,商量赔付问题。

大头说,大家跟着我风里雨里多年,现在伤成这样,我很难过。大伙儿说说,让我怎么补偿?

没有人说话。

大头说,外地工人给了20万,咱一个村的,多给5万!

还是没有人吭声。

大头有点沉不住气,说,那就每人再增加5万,再嫌少也没办法了。都知道,我这几年也没挣多少钱。

坐在轮椅上的王蛋儿说,我一分钱不要。

俺也是,一分钱不要。

以为几个人故意正话反说,大头就说,大伙儿为了咱的工程受了伤,我心里真的很难过,咱乡里乡亲的,这些钱先拿着,日后生活困难了可以随时找我。

你把大伙儿看成什么人了?不是嫌多嫌少,俺们商量了,真的不要你一分钱。你心里装着村里人,村里人也要对得起你!王蛋儿虎着一双眼睛说。

大头明白了,大伙儿是报答他给村里修路的事儿。大头眼圈子红了,说,谢谢大伙儿,钱还是都拿着,我再困难也不能困难你们。另外,我马上派人去修那一里路!

王蛋儿媳妇说,不用了,昨天下午有施工队去修路了。

大头说,那修路的钱还是我拿吧,不让村里乡亲集资。

王蛋儿媳妇说,这回你不用操心了,是政府的"公路村村通"到了咱村。

大伙儿想想,看我还能给村里干点啥?乡里乡亲的,再给我个机会吧!大头说完,已是泪眼婆娑。

灯火通明的小巷

○刘怀远

大头把清风巷搅浑了，连风都不再是清风了！三爹愤愤地说。

是啊。是啊。老邻居们都附和着说。

该管教管教这小子了，不然对不起他死去的爹妈。

是的，是该管教了，自从大头出了校门，就像脱了缰的野马，这清风巷就没消停过。大头常常带了乌七八糟的朋友，夜晚聚到清风巷，又唱又跳，闹个通宵，搅扰四邻。清风巷自古静谧安详，相传蘅塘退士孙洙居官县令时择居在此，白天衙门理政，晚间编纂《唐诗三百首》，图的就是安静。

怎么管？三爹虽是这样说，可心里没个谱。大家都是看着大头长大的，父亲矿难，母亲绝症，留下这么个苦瓜，这些年不就是这家一把米、那家一件衣地把他拉扯大的吗？大头大了，泛着青光的大脑袋新添了刀疤，看了不由得让人打个哆嗦，已不是小时候谁见了都想抚摩一把的可爱的大圆脑袋了。三爹找去理论，大头垂着头没说啥，可那帮狐朋狗友们却白眼直翻。第二天早起，三爹门上被涂满了狗屎。

三爹火冒三丈，却被老伴儿拉住，忍一口气吧，可别再招惹小兔羔子们，这些愣头青，躲还来不及呢。

吵扰不说，每家院子里又开始丢东西。三爹又骂，兔子还不吃窝边草,小兔羔子变成狼崽子,引人来偷到自家巷子里了。三爹又要找了去,老伴儿忙拦下,你老了,忍一步吧,不招惹他们,多防范就是了。于是,小巷内每家每户都养起了狗。街头巷口见到大头,都侧个身,像避瘟神一样。年轻的嫂子们还会对着大头们的背影骂上一句,早晚让警察逮了去!

小巷里突然安静了下来。邻居们互相咬着耳朵说,大头进去了!呵呵,大头真被逮了去!晚饭的时候,小巷里飘荡出各种诱人的菜香。陌生人走来了,会吸吸鼻子,在心里纳闷,这是什么节日啊?

没过三年,大头出来了。大头回到了清风巷。

邻居们心里一紧。然而,清风巷却依然安静。慢慢地,邻居们都知道了大头的情况,大头在改造的林场里立了功,回来后在附近的一家按摩医院上班,是政府给帮助安排的。大头每天一早从家里出发,直到每晚九点钟以后才回来,街坊们会悄悄地站在远处,望着大头的身影呆呆愣上一会儿神。

从此,三爹每天会起很早,拿把大扫帚,从巷子这头刷刷地扫到那头,扫得很仔细,没有一丁点儿的砖头瓦块。三爹放了扫帚,洗完手脸,才会听到大头轻轻地推开自家的铁门,在新扫的地上踏踏踏地走过。三爹脸上就露了笑容。晚上的小巷历来是一片漆黑。巷子太窄,装不下路灯。巷子里的老住户们也都熟悉了这漆黑,也对巷子里的每一块地砖都了如指掌。不过,自从大头回来后,每晚九点之前,家家户户的门灯会依次亮起来,把小巷照得灯火通明。在大头踏踏踏地走过之后,每户的门灯再依次熄灭。

终于,大头知道了这个秘密,敲开巷子里每一家的门,说着差不多相同的话:晚上不要再开门灯了,开了对我也不起作用。谢谢你们了,谢谢爷爷奶奶伯伯婶婶!

听了大头的话,三爹的泪在眼窝里转了半天,还是流了下来。是的,大头在劳改的林场扑救山火时,失去了双眼,现在他走在小巷里是分不清白天黑夜的。大伙儿都答应着大头,但小巷每晚依然亮如白昼,三爹和邻居固执地认为,有了灯光,大头的脚步就能更稳健一些。

大头是他们的孩子,是小巷的孩子,小巷永远是温暖的。灯火通明的清风巷啊……

替民工刷一次卡

○傅彩霞

上班或者外出,我的首选交通工具是公交车。安全,省钱,污染小。

乘坐公交车的民工一眼就能认出,他们有的大包小包,用编织袋装着简单的行李,有的头戴建筑帽,有的带着做工的工具,大多蓬头垢面,粗糙的双手,指甲里藏满黑黑污垢,衣服不整,鞋子不洁,沾满灰尘和油漆,身上散发着一股酸涩的味道。这样的进城打工者,人们称他们为民工。上车后人们会离他们远远的,甚至投去鄙夷的眼光。

而我每次面对这样的人群,总会主动让出一个座位,不是为了那句礼貌的"谢谢",而是对城市的缔造者和美容师的尊重。体力工作者比我们这些人更需要休息。

与我一起外出的女儿也会主动让座给另外的民工。他们报以感激的微笑,很美。

一次,一位年长的民工主动与我攀谈:"大姐,你看,这座 26 层的大厦就是我们去年盖的。"他的眼里闪现出自豪。

"哦,好气派!工作一定很辛苦吧?"

"苦点累点,俺们都习惯了。"

车到下一站时,一位民工看见车来了,胡子拉碴的他就远远地使劲摇手,追赶着车子从后门跳上了车。

车子启动,他操着一口乡音问司机,师傅,你这车去火车站吗?

司机用眼睛瞪着他恶狠狠地说,给你打开前门,你不上。再从后门上,罚款20元!

胡子民工惊诧地站着,毕恭毕敬地聆听着"谆谆教诲"。大概,他在想20元能给他的娃买一大堆礼物吧?

司机又回过头冲他喊,到前面投币!

多少钱?胡子民工似乎刚从混沌的状态清醒过来。

1元。

他摸索出一张10元面额的钞票:10块钱,找吧。

公交车不找零。

我没有零钱。他无奈地说。

下一站,你马上下车。

我又不知道,又没有人告诉我。胡子民工嘟囔着。

你知不知道与我有什么关系?

眼看,一场不愉快就要发生。

全车人都双目注视着公交司机与外来民工的对决。

所有的人都屏住呼吸,关注着事态的变化。

我推开女儿,从后面挤到前面,轻柔地对司机说,我来替他刷卡吧!

随着那欢快的刷卡声,一场不快和争吵就这样平息了。

车内所有的人,此时此刻,一下子变得安静了,仿佛每个人的脸上都有了沉思。

"妈妈,你为什么要替那位叔叔刷卡呀?"女儿迷惑不解地问我。

"因为,我们身上也流淌着农民的血。你的外公就是一位农民的儿子。"

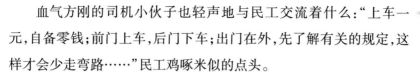

　　血气方刚的司机小伙子也轻声地与民工交流着什么："上车一元,自备零钱;前门上车,后门下车;出门在外,先了解有关的规定,这样才会少走弯路……"民工鸡啄米似的点头。

　　有时候,很多问题的解决其实并不难,只需要一元钱就可以了,只需要态度和蔼一些就可以了,只需要我们拥有一颗爱心就可以了。

　　我和女儿下车时,女儿弯下腰,轻轻地将民工们堆放在车厢中间的行李搬到了一边。

　　到站下车的胡子民工骄傲地对来接应他的同伴说,我今天真走运,白坐了一回公交车。也不知道为什么,那个戴眼镜的女人把一个小牌子放在车前面响了一下,司机就对我好得不得了……

　　远远地,我听见胡子民工眉飞色舞地讲述着。

　　人在滚滚红尘,我们都是其中一粒微尘,在红尘中飞扬。我因知道而倍加珍惜,他因不知而感到无比幸福。

小院里的猫

○傅彩霞

　　不知何时,一只猫在男人和女人居住的小院一角安了家。窝就安置在一堆枯木柴隐蔽的空间里。时隔不久,猫竟然有了一个亲密伙伴,两只猫出入同行,像极了小院里恩爱的男人和女人。

　　春暖花开的日子,安静的小院更热闹了,两只猫分别升级为猫爸猫妈,五只白黑黄相间的小花猫纷纷出窝,淘气地跑来跑去,梅花脚印留下一串串。锐利的爪子一刻也不消闲,一会儿爬到石榴树上荡秋千,一会儿打翻了君子兰花盆,一会儿又将刚刚栽种的瓜苗践踏得一塌糊涂。男人喜欢整洁清静,有些受不了猫们的胡作非为和熙熙攘攘的折腾,几次下决心要清理门户。

　　女人却轻言软语地说:"院子闲着也是闲着,就让猫一家暂时住在这里吧! 又不需要我们给它们办理暂住证。"男人被女人的幽默逗笑了,不再旧话重提。这么多年的朝夕相处,相濡以沫,他已习惯了女人当家,更了解女人的慈悲心怀。

　　一日,男人把常住二弟家的老母亲接过来,为她准备80岁的生日庆典。

　　清晨,男人便大兜小兜地采购了许多东西,顺手放在院子里。做饭时,怎么也找不到大虾和黄花鱼的踪影。四处寻找之后,他终于在

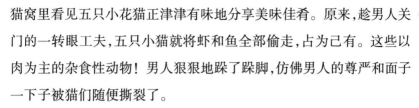

猫窝里看见五只小花猫正津津有味地分享美味佳肴。原来,趁男人关门的一转眼工夫,五只小猫就将虾和鱼全部偷走,占为己有。这些以肉为主的杂食性动物!男人狠狠地跺了跺脚,仿佛男人的尊严和面子一下子被猫们随便撕裂了。

下午,二弟开车接走了老母亲。

男人依旧很生气。怒气之下,把五只小花猫抓进篮子里,骑车提溜着送给了三街之隔的刘奶奶。刘奶奶是无儿无女的孤寡老人,更是这条街上专门收养流浪动物的"专业户",她几十平方米的家里,居住着许多流浪的小动物:十几只狗和猫,三只鸭,两只鹅,一只兔子……大部分都是孩子们的宠物,稀罕够了或者生病了,抛弃街头,被热心的刘奶奶收留,成了她生命里的一员。街坊四邻把刘奶奶的家戏称为"刘奶奶动物园"。有一些好心的街坊四邻还将一些剩饭剩菜悄悄地放在刘奶奶家门口。

男人提来的五只毛茸茸的小花猫,深得刘奶奶的欢心。它们很快融入了这个大家庭,无拘无束,东跑西颠。

男人回到自家小院。猫妈正在枯木柴之间焦急地上蹿下跳,猫爸也在小院里无助地走来走去,警觉的眼睛不时地到处张望。怒气未消的男人心中涌现了一丝报复的快感,故意不理睬它们。

满天星光的夜空。漆黑的小院,母猫和公猫并排站在一起,喵喵地狂叫。它们的嚎叫似乎要撕破这暗淡无光的夜空。

女人惊诧地问身边的男人:"这两只猫咋了?声音怪凄惨的。"

"我把偷吃虾和鱼的小猫送给刘奶奶了!"男人如实禀报。

"你这该死的,这不是活生生地骨肉分离吗?真是造孽呀!"女人使劲踢了男人一脚。

第二天黎明,男人早早买了一兜子时令水果,从刘奶奶动物园赎回了五只小花猫,毫毛未损地带回了小院。准确地说,是送回了猫爸猫妈坚守了一夜的窝。

猫爸猫妈似乎被五只小猫归来的传奇景象惊呆了,喉咙里发出叽里咕噜的声音,透过困惑,双眼深情温和地凝视着晨光中的男人和女人。五只小花猫立刻撒欢似的扑向两只老猫,你撕我咬,蹭蹭跳跳,乱成一团,仿佛在庆祝一次生命长途跋涉的大凯旋。小院里又恢复了往日的欢腾。

女人一边轻轻地抹泪,一边悄悄地拽着男人的衣角,轻步退回里屋,似乎不忍心打扰猫们团聚的欢乐时刻。

男人坐在客厅里,粗糙的大手一边不停地掀动桌子上的日历,一边凝视着那张不知看了多少遍的全家福,连声叹息:"我们那五个仔,何时能一起回家?"

"快了,明年春节,孩子们约好都回家过年。"

"离春节还有八个月零两天,一天比一天近了。"男人掐着指头盘算着。

男人和女人的五个儿女,都在外地打工。两个在北京,两个在广州,一个在青岛。

原路返回

○傅彩霞

周日，清晨。初春的阳光暖昧地抚摩着人间万物，人变得柔顺而惬意。

黎菁与女儿两人在家。黎菁一边大扫除，一边在心里上下左右地打着小九九，盘算着明天是按揭还贷的日子。放下手中的拖把，去书房找出存款单，这个月工资又拖欠了，只好动用"国库粮"，定期存款单还差10天到期，不能因小失大，她无奈地暗自摇摇头，还贷不等人，忍痛割爱。房贷犹如头上的紧箍咒，时间一到就开始隐隐作痛。上中学的女儿做完作业便大功告成一般，一会儿溜达到客厅喝口水，一会儿又摸起水果，一副我行我素、心不在焉的样子。

唉，孩子什么时候才能养成自主学习的好习惯？黎菁用尽了千条万缕的心思，见效甚微。她狠狠地剜了女儿一眼，女儿知趣地如缩头乌龟，乖乖地退回自己的房间里，重新坐在了写字台前，不情愿地拿起了英语书。黎菁觉得，如今大人们是孩奴、房奴、卡奴，孩子们是书奴、考奴、题奴，即使骄傲的成功人士也是钱奴、权奴、事奴，好像每个人都被奴性绑架，仿佛一只只不停旋转的陀螺。休闲是遥远时尚的奢侈品。

14岁的少女正是怀春动心的季节，不一会儿女儿又走出房间，顺便盯着客厅的美容镜做了个鬼脸。黎菁一阵恼火怒喝道:“睿琪,还不赶快看书学习,现在竞争这么激烈,这么残酷,还臭美什么?”“照照镜子也不行,哼!”女儿小声嘟囔着,微微上翘的小嘴噘得能拴头小犟驴。睿琪被妈妈的严厉声重重地按在椅子上,继续背诵那没完没了的硬邦邦的英语单词。青春期遭遇更年期真是要人命的事情。

算计好本月的按揭款,黎菁摘下碎花围裙,对女儿说:“睿琪,你在家学习,我去趟银行。”一转身,出门下了三楼,刚走出小区门口,习惯性地猛然一摸口袋,钥匙忘带。女儿在家,不拿也罢。

银行人满为患。取号,排队,耐心等待。终于办理完毕。

回家,按门铃,久久地无人回应。心生困惑。打家里的固话,在门外只听到悦耳的电话铃声,依旧无人接听。迷惑层层。头上的汗细细地渗出黎菁洁白光滑的额头,捋捋垂下的长发,定神仔细回想一下,自己走时,女儿并没有什么异常呀?这死丫头,究竟上了哪儿?不省心的主儿!黎菁在门外,一遍一遍地叫着“睿琪,睿琪”,又唯恐左邻右舍笑话,以为夫妻吵架,进不了家门。于是,她又压低声音一遍遍唤睿琪的乳名——“琪琪,琪琪……”侧身贴耳朵靠近防盗门,室内一点动静都没有,黎菁恨不得把耳朵穿透铁壁,奇怪了?会不会饿了,做饭不小心煤气中毒?这个念头一旦从心里头跳出来,就如疯狂的火山爆发怎么也遏制不住了。

黎菁步履如飞地走到小区保安处门口,探头问:“潘师傅,刚才看到我女儿出去了吗?”

“没看见呀。她每次走到这儿都会微笑着打招呼的。”

黎菁拿出手机,给在单位值班的爱人打电话。

“睿琪给你打电话了吗?”

“没有呀,怎么了?”爱人被黎菁无厘头的电话弄得一头雾水。

“我刚上了趟银行,没带钥匙,结果敲不开门,进不去了,这孩子跑到哪儿去了?"

"你再等等,可能睿琪没听到吧?"男人的心总是比海洋还宽广。

"我到你单位拿钥匙吧!"瞬间,黎菁做了一个英明决定。

出租车如一匹脱缰的野马,风驰电掣地穿行在车来车往的公路上。

"师傅,快点,再快点!"黎菁按捺不住火急火燎的情绪。

"再快就成宇宙飞船了。红灯必须停。"少白头的出租车司机大概司空见惯了眉毛胡子一把抓的乘客。

黎菁不愿与出租车司机多费口舌,她想象着女儿一定是煤气中毒了。她一遍又一遍地在心里祈祷,只要女儿没事,什么都可以妥协,什么都无所谓,什么学习成绩的好坏,什么兴趣班的培训,统统放下,只要她快乐,她愿用一切作为交换的条件。

"你到马路对面等我。再有三分钟到你单位。"黎菁命令爱人。

不一会儿,黎菁的手机再次响起。电话显示为"我的家"。

"喂,喂……"黎菁急切地问。

"妈妈,你怎么还不回家?"手机内传来女儿稚嫩的声音。

"睿琪,你没事吧? 可急死我了! 怎么敲不开门?"

"我刚才在洗澡,没有听到呀!"

"你洗什么澡呀,英语单词背完了? 洗澡比学习重要?"女儿在电话那头无声无语。

"司机师傅,麻烦您调头,原路返回。"黎菁挺直的腰板一下子陷在车座里,毒性又在她身上发作了。

班 主 任

○韩昌盛

舟子上大学时，乡亲们问学什么，父亲说师范，就没有获得啧啧的赞叹声。师范有什么了不起？当老师，村里小学就有。

毕业后分到镇上的中学，一辆自行车骑来骑去。乡亲们更觉得平常，哪有开警车回来的明子、坐面包车的强子威风。再说，放假了他还在田里镐刨锹挖的，跟我们一样。

舟子不问，见到谁都笑呵呵的，对学生也认认真真和和气气。渐渐，舟子有了点名气，先是镇、县、市优秀教师，后是省优秀教师、教坛新星。有一次县长检查时不知来了什么雅兴非要听一堂课，学校就推荐舟子上。那堂课是《岳阳楼记》，舟子上得神采飞扬，让中文系毕业的县长大加赞赏，连说人才难得。

被称作人才的舟子暑假后就调到了县城中学，还是老师，班主任。

舟子却感觉到一些变化。比如在乡下和同学们一起去食堂吃咸菜打饭，这里不行，和家长吃。一开始不去，家长就请到了校长，校长打电话给他，说这也是工作，说明大家相信你。校长还说，家长工作也是很重要的嘛！于是，舟子就经常和家长一起吃着，谈着，气氛很好。

星期天，舟子还回乡下老家。乡亲们就问，这几天不见回来？舟子憨憨地笑着，我调城里去了。

去干什么？提干还是改行？大家表现出极大的兴趣。舟子一面骑上自行车，一面憨憨地说，还是老师。

大家就对视一眼，读书都读死了。村长听到了，心里有些庆幸：昨天听说他调城里，还准备送他一张请帖商量招商引资的事，结果还干老师！

舟子不知道这些，他在城里稳稳地教他的书，教得孩子们心服口服。第二学期时，班里转进了十来个学生。

舟子去找校长。校长客气地让座倒水，说谢谢啊！你给我争得了荣誉，有两个孩子是从市里转回来的。不瞒你说，县长的公子也进来了。

舟子没办法，只好认真地教。认真教书的舟子没想到自己成了所谓的名师，连县长都愿把儿子交给他了。出了名的舟子走在县城大街上感觉就不一样了，卖鞋卖衣服的家长客气得不得了。还有一次上医院看病，老家的村长弟兄几个正在那儿走来走去，说是挂不上号找专家。舟子想起班里有一个学生父亲在医院里，就联系了一下。三两分钟的事，院长出来了，热情得很，握着舟子的手直说太客气，平时请都请不到。舟子在院长陪同下看完病后，买些水果去看望村长父亲。村长千恩万谢的，说看不出你在城里混大了。上次强子、刚子回去都还说，想找你吃顿饭你都没时间。

舟子拍了拍脑袋，也真是。天天家长请，根本抽不出时间。其实自己不喝酒，他们非要拐弯抹角地请，仿佛坐在那儿，孩子就有了保证。有一次吃过饭，马明的家长——那个做生意的老板非要请舟子一条龙服务。再三推辞不行后，他本了脸，我是你孩子老师，你希望我把你孩子也教成这样？一席话让老板直打嘴巴，对，对！你是好老师。

舟子心里清楚，我不是好老师。比如调位，家长都找，不能都坐前排吧，只好轮流。比如班干部，都想干，也只能轮岗。不过，舟子还是

留了点私心,县长公子的位子总是左右移动,刚子姐姐家的孩子一直干着学习委员。怎么办呢?人,生活总得实际一点吧。

过年时,村长登门来请,说村里开庙会呢。舟子说,当然回去。还给村长看了荣誉证书——省优秀教师,村长看了又看,摸了又摸,我们村第一个!回去的舟子不再骑自行车,坐车,县长的专车。县长对他说,也体现我对教育的重视嘛!谁说教师地位低?

坐着车很快就到了,村长亲自迎在路口。唢呐声声,村长隆重地介绍在外工作的人,舟子竟然是第一位。当所长的强子,任化肥厂厂长的刚子都谦虚地请他坐在中间。

村长粗声粗气地介绍:舟子,大学毕业,省优秀教师,县一中主任。舟子赶紧纠正,班主任。

村长说,反正是主任,我看比局长都管用。

强子接过来,就是,我们局长给我招呼过了,他公子下学期跟你上,你可得给我面子。

舟子笑笑,还没说话鞭炮噼里啪啦炸响了。雾气中,舟子看到母亲在台下笑着,掉了牙的笑很阳光,有一种说不出的愉快。

阿啊同学

○韩昌盛

阿啊是我高中同学,但不姓阿,姓董,也不叫啊,叫壮。

高二时,学校举办歌咏比赛,调剂生活的那种。在团支部书记动员若干次,小嘴快要挂油瓶时,他挺身而出。班主任要他试唱,他不愿意,我要一鸣惊人。我前面的女生陶桃允诺三个糖果,他也没有泄露自己的参赛曲目。

在班会上,他只说了一句,要唱就一炮打响,谁说我们重点班五音不全。班里掌声如潮。

我们是抱了很大快感去听歌的:以往歌唱比赛,我们这个重点班全部秃头,今天,终于要呐喊了。班长偷偷买了十个哨子,准备结束时,突然发作,造成轰动效果,让评委大吃一惊。

董壮上场了,不弯腰,不鞠躬,只是用手捋了捋头发说,我参赛的歌曲是我自己填词,自己谱曲,希望大家喜欢。他张开双臂,做了个放飞的姿势。十个哨子突然响起,很尖利也很响亮,我们一下子受不了,好家伙,自己填词自己作曲,太不可思议了。男生站起来,狂喊董壮加油。女生拼命拍着小手,表达对董壮的景仰。

董壮开始唱了,真是自己填的词:我的班级,我的青春。班长小声说,怎么曲子这么熟? 我捣了他一下,别瞎说,人家是原创。可后面的大浩也踢我,怎么像《十五的月亮》?我没理他,因为我听着也像。会场上有了响声,有人开始喝倒彩。我们坐不住了,赶紧看董壮。董壮正握着拳,全力抒怀,啊……啊……啊……声音调到最高后,再也"啊"不上去了。喝倒彩的声音越来越响,董壮坚持又"啊"了一遍,还是没接上去。

董壮中途退场了。他说了一句,很抱歉,由于嗓子不舒服,发挥不好,希望下次可以为大家带来优美的歌声。

班主任气得笑了,他一边笑一边指着董壮说,你小子还啊啊的半天,累坏了吧!董壮坐在板凳上,灿烂地笑着,我以为能"啊"上去,哪知没劲了。后面的女生开始踢他,太丢人了,你羞不羞?董壮抱头逃窜,走时,向班主任告状,我可是为班级做贡献。

从此,男生一致决议,叫他阿啊同学,以纪念我们失败的歌唱比赛。

阿啊经常说,做人要有责任感,那么重大的活动,没人参加多丢人,关键时刻,我不下地狱,谁下地狱。很多同学哄他,赶快去贴广告,离开我们班。阿啊就拿出笔来,写声明:因为本人在理(2)班得到众多女生喜爱,以致引起不断的摩擦,所以决定离开生活三年的班级,前往其他班级,概不负责以前所有的感情纠葛。阿啊把声明贴在教室门上,他请班里最漂亮的女生去看,然后冒着被抓的危险护住声明。直到班主任来了,阿啊赶紧撕那张纸,撕成碎片。班主任大度地说,阿……同学们接着,啊……对,阿啊同学,把作业交过来,我检查。

阿啊只好交作业,照例是没写完。班主任恨铁不成钢地点点他的脑门,自己说,怎么罚?阿啊向后趔了趔,逃脱班主任手掌的范围,说,我唱首歌。同学们跺跺脚,不行,又啊半天上不去。阿啊瞟了瞟老班不怒自威的面孔说,我为大家读一首诗吧。掌声响起来了,我们都知道阿啊是诗人,他会写诗,也会读诗,比如徐志摩的《再别康桥》,比如舒婷的《致橡树》,比如阿啊的《我的母亲》。

其实阿啊读得并不太标准。一九九三年的泗县中学,我们都不习惯于说普通话,但大家都把掌声给了阿啊,因为他的《我的母亲》:母亲,你是一穗麦,粒粒饱满;你是一朵棉,丝丝温柔;母亲,你是一瓢水,口口生津;你是一缕炊烟,永不弥散……他读的时候,我们想到了田野,田野中荷锄带露的母亲,想到母亲额头上的汗水。所以,阿啊同学总在大家沉思的时候说声谢谢,溜回座位。

这样的时候毕竟不多,我们大多数时间得从早晨四点半起来看书背单词,然后上课做作业做试卷,晚上十点钟时,才依依不舍地离开教室。阿啊说不能再写诗了,马上高考了。我也说是,你一星期读一次,感染感染我们。阿啊认真地说,不行,上次月考退步了,我得加紧赶。

阿啊和我们一样早起,背书背单词,他背得快,完成任务时就提给我背,提给后排的女生背。我会背时总不忘开玩笑,阿啊不能太偏心,只喜欢女生。阿啊不生气,他一本正经地说,这是我小妹,不要胡说。小妹并不认账,阿啊,你这么小还想占便宜,快叫姐。教室里便响起了啪啪的声音,正在闭着眼睛背单词的同学们循声望去,依然是经典的情形:阿啊用手护着头,两个女生毫不留情地实施"空中轰炸"。

努力没有白费。阿啊的成绩赶到了班级二十名,班主任还表扬他,说坚持下去能考取大学。阿啊十分激动,请我和班长吃炒面。炒面油光光的,十分诱人,阿啊劝我们,使劲吃,我要是真考上了,请你们一人吃五碗。晚上的大街很静,阿啊兴奋地说,兄弟三个,妈最疼我,说我有出息。

可是阿啊毁了。高考成绩揭晓,我们班五十四人,三十七人达到建档线。阿啊差了八十多分,怎么可能?阿啊是我们班前二十名,应该能考上的。班主任铁青着脸,你们去问他,装什么诗人?我们就去问阿啊,骑自行车,从县城,翻过一座山,问了很多人,天黑时才到一个

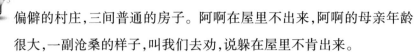

偏僻的村庄,三间普通的房子。阿啊在屋里不出来,阿啊的母亲年龄很大,一副沧桑的样子,叫我们去劝,说躲在屋里不肯出来。

班长用肘抵我,叫我说。我没说,我拿出一张纸条,给他,班主任写的:从哪儿跌倒,从哪儿爬起来。阿啊哭了,说我不该信那个丫头的话。那个丫头是阿啊高考时前面的同学,要和阿啊合作考物理,一个做前面选择题,一个做后面大题。阿啊认真地履行了协议,并且把纸递给她,结果被逮到了。我叹了一口气,考场无情,怎么能轻信他人?阿啊哭得更厉害,我看她长得清纯,不像坏人。

阿啊没有随我们回去。高四班已经开学一星期,原来理(2)落榜的兄弟姐妹坐在理复(1)的教室,发现只少阿啊一个人。班主任发话:找他,必须回来。数学老师也说这小子成绩其实不错,复习一年能上本科。

阿啊没来。很长时间后一个秋叶飘零的上午,他来了,骑着自行车,带着一个长筐,里面装满了萝卜、白菜。阿啊请我们吃萝卜,说是贩的,便宜,随便吃。班主任远远地看着,铁青着脸走了。后来阿啊就不来了,但来县城。在菜市场我遇到时,他正装芹菜,我怕见到班主任,没脸。他捣了我一拳,好好学习,天天向上。我突然想起来,你还写诗吗?他怔了一下,一捆沾满水珠的芹菜横在胸前,没时间,只是看。

他不再说话,装好车推过去,慢慢地蹬走了。

后来就没有遇到,高四的生活太紧张,我们忽略了阿啊。可是阿啊怎么也忽略了我们?

这一忽略就是十五年。高中同学匆匆忙忙,能学习的大唐跑到美国和世界公民共事,做学问的班长还在某个研究所摆弄着仪器,爱炫耀口才的林淼果然在一家公司滔滔不绝招揽订单,只剩下我们四五个人在家乡坚守三尺讲台。婚姻、家庭、工作、职称,一直锁住日子的每一个细节,联络已经很少。只有有同学从外地回来,大家团聚一桌时,才回到高中生活,才会偶尔想起阿啊。阿啊现在干什么?结婚了吗?班长认认真真地问。我摇头,宏志歉意地摇头,没有联系了。班主任叹了一口气,可惜了这小子。

可是阿啊竟然联系我们了。他骑着一辆摩托车来到学校,说要请我吃饭。我看着他,很长时间,我说你小子蒸发了,还是发了财不理大家了?阿啊皮肤不白了,黑,健康的黑,阿啊说走,请你吃饭。我说你开什么玩笑?该我请你。阿啊拽了我一把,别磨蹭,上车,今天我请班主任。

阿啊请班主任是为孩子上学的事,一个上高一,一个上初一。我说不对啊,九三年毕业,结婚,再生,怎么就上高一了?阿啊平静地喝酒,是我侄子。阿啊点燃了一支烟说,那年我正准备复习,二哥出了车祸,走了。阿啊笑了笑,侄子刚两岁,二嫂不愿改嫁,要带他过日子……阿啊和班主任喝酒,接着说,后来在舅舅的劝说下,我就娶了二嫂。阿啊又和我喝酒,继续说,我不后悔,侄子学习好,嫂子对我也好。阿啊趴在我身边说,我那老二,学习也行。

阿啊那天喝得不多。他说得办事,在县城租房子让两个孩子上学,还准备做些小生意。阿啊让班主任喝,请他原谅,那年没听话去复习。班主任什么也没说,喝酒,点燃一支烟,看烟雾轻轻弥散。

阿啊结过账就走了。走时和我握手,好好写东西,我看过你不少文章。我有些诧异,你还写诗?他笑笑,早不写了,有时看。他和班主任握手,和宏志握手,然后走了。

班主任打了一个饱嗝,这小子,天生一个诗人。

我想老班的话是对的,阿啊写了最好的一首诗,比我那些风花雪月都厚重都朴实。

长城长啊

○韩昌盛

我没想到会以这种方式见到我的启蒙老师。

每年一次的教师职称评审,教育局要对每一个报名老师的上课情况进行考核。没想到会抽到我做考核组评委,更没想到韩老师今年也评职称。

师生见面自然一片唏嘘。韩老师握着我的手,说去年报过一次了,没批,上头说少论文;说今年找人弄了一篇,交了30元钱获县三等奖够用了;没想到上课又碰巧遇见你,更没问题。看着我的启蒙老师,心中似乎有很多感慨,我说老师你快退了吧?他很豪气地伸伸手指,两年,评过职称就退。

领导喊我们进屋开会,我抓紧时间问他上哪一课,好先给另外两位评委透透风。他趴在我耳边说,长城。

长城?我脑海中浮现出当年跟他上这课时的情景。二十三个学生端正地坐好,韩老师在上课前又来到教室。他很严肃,说一定要配合好,不会也得举手,我只提安排好的同学。

上课铃响了,韩老师大步走进教室。然后开始导入课文,长城长啊,一万三千里。下面按部就班地提问,讲解,一直到最后,他总结说同学们想不想去啊?想去!异口同声地回答。我不知哪儿来的问题,站了起来,老师,你去过长城吗?

老师怔了一下,很快地说,当然去过,长城实在是长啊。

后来我知道老师那堂课的意义很重大,是一个民师能否转正的关键。据说要不是我的问题,老师那堂课就能评上满分了。

韩老师今天的开头和当年一样,长城长啊,一万三千里。我看了看教室,有电视,有广播,有饮水机,中心小学的条件就是不一样。很快有孩子举手,老师,长城不是一万三千里。

老师怔了怔,继续讲课,说长城是太空中可以看见的地球上唯一的人工建筑。又有一个学生举手,老师,这不是真的,杨利伟就说没看到。不对,班里马上进入议论状态,各执一词。我焦急地看着他,一个五十八岁的老民师,一个忙了学校忙田里的老师,他也许并不知道现在的镇上学生家里有报纸有电脑,随随便便就可以查到长城的资料。

韩老师有些羞惭地看着我,我用目光鼓励他。他开始转移话题,同学们,你们去过长城吗?

班里举起了十几只小手,还有一个小家伙站起来抢着说长城的见闻。课堂又一次热闹起来,大家争着说长城多长,多宽,还有黄头发蓝眼睛的外国人。

这时,一个胖乎乎的男生举手,老师,你去过长城吗?你看过长城上的青砖吗?我心里暗暗发急,镇上的孩子见多识广,我的老师你可怎么办?千万不能像当年用小棍子敲我一下来发脾气啊。

韩老师似乎很窘,机械地结束了这堂很重要的课。只和我打了声招呼,就回老家了。

我问了那两位评委,我说一大把年纪了,上了一辈子课照顾照顾吧。他们说,名额有限,课堂气氛他把握不住,学生求知欲望他视而不见,难啊。职称的事只好作罢。我感到有些难为情,总觉得事情没有办好。于是,春节时回老家,我让父亲请他来我们家吃饭。

见到我，他很高兴。我们围着桌子坐好，他一边喝酒一边说，长城长啊，太长了。

我说你去了长城？他点点头。

我就一年机会了，前两天我专门去爬了一趟。他又喝了一大杯。

当了一辈子民师，临到结尾转正了，高兴啊，他和我碰酒杯，就剩一个职称问题。那些孩子，没有你们当年好解释。

我就不信，不到长城非好汉，我去过了，就能上好那堂课，他和父亲讲，父亲听不懂。

1000多块钱一趟，他越说越高兴，说给每一个人听，长城长啊，真长。他喝醉了。走时他拽着我的手，我去过长城了，长城长啊，他向前走着又回头，真长，太长了，长城。

台 球 张

○金晓磊

我叫他张老板。其实，他比我这个穷学生，多不了几个钱。

他在骆家塘的街头，守着几张台球桌维持生计而已。的确，只是而已。

按年纪，他其实也可以做我的"伯伯"了。

大学快毕业的那个学期，陆陆续续有用人单位来我们学校招人。招聘单位除了看看相貌以外，更多的就是看看简历和分数。说起来很惭愧，这四年大学，我把很多时间都奉献给了我那温柔的被窝，或者是金华的大街小巷，还有就是那么一大堆文学书和我自己藏在抽屉里的破小说。所以，我的简历上空空荡荡，我的成绩单上，也没有像父亲拾掇农田那样挂满黄灿灿的稻穗，只剩下"补考""重修"的屈辱历史。

在很多同学被用人单位签下的时候，我却成了张过期的船票。

一次次的失望，后来就变成了绝望。真的绝望，也就无所谓了。

于是，我重新走上"历史"的轨道，继续游荡，继续寻找别样的快乐。

台球，就这样再次走进我的历史。在这里，我用了"再次"这个词。早在读小学的时候，因为堂叔家不知道从哪里搞来了一张台球桌，我就近水楼台地玩起了这时髦的游戏。最显而易见的成果，就是这"免费的游戏",把我培养成了乡间的台球高手,一度打遍村庄无敌手。

现在,有事没事,我总跑进骆家塘的台球室里。有时候,那里一个顾客也没有,我就一个人自娱自乐,类似于周伯通的"左右互搏"。

渐渐地,我在那里"打"出水平,"打"出点儿名气来了。

再后来,就有点像武侠片里的那样,有人上来挑战了。而且,是打那种带点彩的球。不多,一局十元,或者一包烟什么的。

一开始,我的确也有点儿紧张。毕竟,自己还是个学生,也就那么点儿生活费。但有时候,人不是为自己活,而是为面子活,何况是二十岁出头,正是死要面子的年龄。

这一豁出去,球就好打了。一段时间下来,我是赢多输少,收获不小。甚至创下了"一杆清台"的历史。

张老板,就在这个时候走进了我的历史。其实,他一直在我的历史里——顾客和店家的关系,但一直没走进来。

那个晚上,我像一头得胜的公鸡一样,骄傲写满整张脸。就在我准备回学校的时候,张老板说,等一下。

很多人和我一样,停了下来。

我想这老头大概是见我赢钱,嫉妒眼红,想弄点彩头,于是,我满不在乎地掏出张十块地说,恭喜发财,谢谢张老板你的福地,今天就算分红了。

这老头哈哈地笑出声来:我想和你来一局。

这话一出,我差点儿喷饭。别想着自己经营这么个螺蛳摊,看我们打球很简单,也不想想,自己都七老八十的了,还想和我来赌。

但,我的话却很有风度:张老板,你想怎么来?

就按你兜里所有的钱吧。

这句话,怎么听都觉得不顺耳。我顺手捋下手表说,加这个吧。

围观的人,起了哄。

有个人自动当起了裁判,从裤兜里找出个硬币来。

是我先开的局。

我轻轻地打出去。白球的走位,也恰到好处,没有给那个老头留下进攻的机会。

一看那老头的握杆架势——居然是用球杆的大头击球的。我狂跳着的心,一下子安静下来。而且,我第一次看清楚了那老头的左手。那左手的小指居然是没有了的。四个手指畸形地按在球桌上,在那盏昏黄的灯下,露出狰狞的面目。

周围的人,都露出了不易察觉的嘲讽来。

接下来的局面,似乎成了一边倒。

我的色子球,大部分已经安静地躺进了网兜里。

而那老头的花色球,在台面上,从这边滚到那边,队伍完整,也在帮着我一起嘲笑那老头。

就在我的色子球还剩下一颗的时候,老头突然转变了枪杆。这是我始料不及的。

局势,是瞬间扭转的。

那老头犹如神助,噼里啪啦几下,花色球瞬间就被消灭成只剩下一颗了。

豆大的汗珠,从我的全身一下涌出来。

那最后一颗色子球,似乎也故意和我作对,怎么击打,就是不进网。

老头以一记漂亮的"回力球",把"8"号球送进了网兜,也顺势击中了我的心脏,把我定在那里。

后来,其他的人如鸟兽散去,剩我在那里发呆。

那老头把我叫进了他的小矮屋。

他把我所有的钱和手表,塞进了我的口袋。

不知道怎么回事,我的眼泪一下子出来了。

好好读书去吧,他拍拍我的肩膀,晃了晃左手说,这根手指,被我自己砍下来的时候,你还穿开裆裤呢。那个时候,我就可以"一杆清台"了。

我点点头。

还记下了这句话:读书,才是正道。

流过往事的水

○金晓磊

师范毕业前夕,与土地打了大半辈子交道的父母没什么门路可走,不久以后,我这个堂堂师大毕业的高才生,便被我们的教育局"充军"到了家乡的一所小学。

去学校报到,发现居然是"铁打的老师,流水的学生"——还是教过我的那六个老师,只是年纪变大了,而我却是"山不转啊水在转",一转又转回来了。六个老师都齐刷刷地在校门口迎接我这个曾经的得意门生。后来,老校长过来握着我的右手,左手拍拍我的肩膀,只说了句:欢迎你啊,小马! 就意味深长地看着我。我忽然觉得自己一肚子的怨气被老校长的眼光给抚平了,像个小孩子似的喊了声:校长!

上班了,我听从父亲的叮咛经常帮着打扫办公室,或者去村里的水井挑水,为别的老师倒倒茶,老师们对我都赞许有加,唯独让我感觉奇怪的是以前读书的时候,校长的目光总是很慈祥的,但现在偶尔与他的目光相遇总让我有种不寒而栗的感觉。因为老校长的目光,让我想起读师范时班主任经常说的一句话:要给学生一碗水,自己首先要有一桶水! 所以平时,我越加抓紧时间给自己"倒水"了。

两星期以后,老校长找到了村主任,说,小马这正宗的大学生刚毕业,好不容易分配到学校来,如果长期给老师和学生们挑水也是影响精力和工作的！是不是替学校挖口井，留点时间培养个人才啊？

用扫帚丝剔着牙缝的村主任居然爽快地答应了。

这事是一个星期以后，挖井的人来学校了，我才从别处听了个大概。

当两个满身黄泥的打井工挖到三四米的时候，还是没见一滴水出来，这在他们以往的挖井生涯里是比较少见的，所以他们就开始骂骂咧咧的，想放弃重新找个地方了。

老校长出现了。他捋起袖子拉上我就到了边上，安慰着说，认准了的事，就要干下去，会成功的。我这身老骨头来帮帮你们！

没过十分钟，底下那个人喊了出来，有水了！老校长笑着从口袋里掏出包"双喜"牌香烟来，给了他们两根，然后向我示意着走到走廊边，席地坐了下去。

来，抽口烟吧！

我拘谨地接了烟。老校长拿出火柴把两人的烟都点上了，自己心满意足地吸了口，对着太阳吐出了烟雾，有一句话也很顺口地跟了出来：小马啊，认准了的地，坚持着挖，总能挖到水的！你说呢？

我被烟呛得咳嗽着点了点头，侧头看到老校长笑了笑，把藏匿在他皱纹里的阳光绽放了出来。

时光也就在我像挖井人一样埋头"挖井"中过去了三年。接着，我意外地成了这所小学的校长。是老校长自己要求下来，把我推荐上去的。

新学期开始的时候，我依然拎了个热水瓶去给老师们倒水。虽然昨晚我为了这"倒水"问题，一宿没睡好，但可能是我多虑了，老师们的杯里有的刚自己倒过，满着；有的见我过去，连忙说马校长我自己来，叫得我脸一下子就蹿红了，我赶紧朝老校长走过去。老校长的杯子也是满的！他一言不发地端坐着，额头的青筋像一条条蚯蚓一般趴

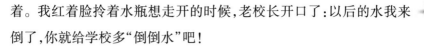

着。我红着脸拎着水瓶想走开的时候,老校长开口了:以后的水我来倒了,你就给学校多"倒倒水"吧!

时光真像这水一样又是三年了! 那年年底,学校被评为"镇先进学校",我自己也被评为"镇十佳优秀青年教师"。这是我们这所村小历史上的最高荣誉了!

拿着锦旗刚回学校,下个学期就要退休的老校长过来拍着我的肩说,小马啊,祝贺你马到成功,也感谢你为学校争来的荣誉啊!

老校长说着话,眼睛有点红了。我却不知道说什么感激的话好,刚想再替老校长倒倒水。"今天,还是我为你倒最后一次水吧!"老校长好像知道我的心思似的已经提起了身边的水瓶说,以水代酒敬敬你!

我了解老校长的脾气,也不敢怎么推了,只好拿过了那个茶杯,伸到了热水瓶的嘴巴下。

水,一点点满起来,满起来,后来居然满出了茶杯。我的手像被火苗舔了一下,连忙往后缩。

茶杯跌了个粉碎。

老师们一脸诧异。

老糊涂了,水太满会烫了手,伤了茶杯的啊! 老校长道着歉,小马,没伤着吧?

我点点头,看到老校长的眼睛正盯着我。

我愣了一下,连忙对着老校长鞠了一个九十度的躬……

重要的一天

○金晓磊

很多年以后,望着日历上的"9月18日",我的目光里偶尔会像鸟雀一般飞过1931年9月18日沈阳大地上被炸弹掀起的铁轨,而我视线的落脚点最终都会停留在1998年和2002年那两个霞光满天的9月18日清早。

我先是看到自己像个无助的孩子一般站在1998年9月18日的教室黑板前,满头大汗,脸如关公。

底下有个小男孩像根瘦弱的竹竿一般,突兀在五十几张稚气的小脸和后排十多双眼睛里透露着的失望里。

他们正在参与的是一堂课题为《皇帝的新装》的公开课。

如果我们把时间稍稍往前推一点,你会看到我正在分析课文中那个指出"皇帝什么也没穿"的孩子形象。

接着我画蛇添足地补充了一句:我们应该像课文里的孩子那样诚实,敢于讲真话!

意外就这么发生了。

那个男孩站了起来,并且发表了自己不同的看法:这个小孩真傻,这样要连累全家被杀头的,所以我觉得诚实没什么好处!

他的观点马上引来很多"是啊"的附和声!

我狠狠地剜了他一眼后，头脑一片空白……

我没料到从师大毕业到这所乡镇中学正式上课的第十八天、也是我教学生涯的第一堂公开课会出现这样的情况。

现在想来，怪也只能怪我那时候太相信自己了。开学的第二天，语文教研组长就善意地提醒过我，小胡啊，过些日子，市里有个新教师素质比武活动，我们语文组推举你参加，你提前好好准备一下吧，可以借班演练一下的！

感觉自己只是稀里糊涂地"嗯"了几声，不知道说什么好。素质比武的日子就这样扑面而来了。

9月17日的那天语文课一结束，我一改前些日子的严肃，给学生吹了阵春风：明天有很多老师要来听课，希望你们能够好好地配合一下，多多举手！

我还没说完，早已有几个聪明的学生接了下去：胡老师，你先把明天上课要提的问题告诉我们，让我们回去准备一下。我们小学也是这样的！

我笑笑，顾自出了教室。

此刻，我的笑却像冻住了一般凝固在脸上。

是突然响起的铃声划破了我冰封的笑容，我尴尬地宣布了下课。

哎，小胡啊！教研组长最后一个过来拍了拍我的肩膀。

第二天，有关我的一句话在同事的嘴唇间频率很高地出现着：师大的高才生，也不过如此！

第二学期，我就被调到了偏远的农村分校。以学期为单位进行人事的调动，这在我们那所乡镇中学里，几乎是个特例。

现在，请我的读者，随着我的视线将目光跳到2002年9月18日那天——和1998年9月18日相同的时间点上。

很多东西，我们都无法左右，包括巧合。

是的,无巧不成书。这会儿,我在分校中一(1)班的教室里正在上着和四年前同样课题的一堂公开课:《皇帝的新装》。

我分析完课文中那个指出"皇帝什么也没穿"的孩子形象后,号召要像课文里的孩子那样诚实,敢于讲真话!有个男孩就在这时站了起来,并且发表了自己不同的看法:这个小孩真傻,这样要连累全家被杀头的,所以我觉得诚实没什么好处!

他的观点马上引来很多"是啊"的附和声!

我立刻表扬了他——善于思考,敢于讲真话! 然后抛出个辩题来:诚实,需要我们坚持吗?

一场辩论赛开始了。

最后,正方的队员通过大量颇具说服力的事实压倒了反方。正方主辩手最后进行总结陈词:诚实,是人类最高贵的品质,是我们作为人类始终应该坚持和发扬的!

底下的掌声像水库开闸泄洪般释放出来,包括后排听课的老师们!

我听见有朵鲜花在我的脸上盛开,它像喇叭一样把沉睡了四十分钟的铃儿也叫醒了。

教研组长最后一个过来,用拳头狠狠地捶了我一下。

嗯,小胡啊!

第二天,同事们不辞辛劳地用唾沫传递着市教研室侯主任对我那节公开课的评价:抛弃了传统的课堂教育模式,的确是一堂扎实而又真实的公开示范课!

第二学期,我就被调到了市里的重点中学。以学期为单位进行农村到城市的人事调动,这在我们那个市,真的是个特例了!

离开分校,正是夕阳西下的时候。回望夕阳下那油漆剥落的校名,我泪如雨下,感觉自己就像课文里那两个骗到了金银财宝的骗子,现在正开始仓皇出逃……

我们陪着你

○樊碧贞

你独自坐在村头那湾浅浅的溪水边，一坐就是大半天。

你时常这样，这令孩子们很担心。先是老三知道了信息，随即老大喊老二，老二传老幺，他们携妻带子齐齐地回来了。你很高兴，那晚喝了很多的酒。你说，这辈子你知足了。比起你的那些兄弟，你是掉进福窝里了。说着说着，你流泪了。

孩子们有些不知所措。他们以为你病得不轻，几个兄妹待在老屋里说了半宿，决定带你进城看病。你不想去，可孩子们这次很坚决。他们说了，有病看病，没病也求个放心，你还是去了。作为父亲，你不忍心拂了孩子们的好意。

医院大楼里的来苏味，让你感觉很不舒服。你还是喜欢在村子里住着。一树桃花，几杆青竹，跟进跟出的黑狗，以及隐在绿树丛中的老屋，让你觉得实在和快乐。好在孩子们一直陪着，你平静地做完所有的检查项目。

等了两天，检查结果才全部出来，你一切正常。你早知道是这个结果。这么些年，除了腿脚不如以前灵便，你连感冒都很少得。你进城来，无非是为让孩子们放心。

现在一切都很好，孩子们也放心了。他们留你在城里多住些日子,你却急着回去。你说,眼看清明节就要到了,再留下来就赶不及了。

其实,离清明节还有好几天。那些事情,花个一两天是完全能够做好的。至少,孩子们是这么认为的!

你不这么看。往年,有老伴儿帮你,你根本不用插手。她是个善良能干的女人,她懂你的心思!

以往清明,你只需预备好几张白纸。要扎几束白花,裁几套衣服,你只要给老伴儿讲一下,她就能帮你做好。老伴儿有双巧手,她把你买回的纸放在桌上,用手抹平,不用尺量,手来回比画,随后就听到"咔嚓咔嚓"的声音,很快,一套衣帽鞋袜就成型了。你在一旁打下手,只需用糨糊把边缘糊好就成。

老伴儿一直没闲着,她把边角余料收起来,做成白花。清明节一到,你们两人带着孩子去上坟祭祖。先人坟冢不远,十来分钟就到了。你把糖果等祭品摆上,倒一小杯白酒,点上三炷香,化过几把纸钱,响过一挂鞭炮,拜上三拜就算礼成了。你也会在坟头压上几张纸钱,覆上一把泥土。孩子们在你身后,鼓着腮帮子吹蒲公英玩。

然而,在小溪边,这种情况就不同了。

那是不同于祭祖的祭拜。孩子肃立一旁,老伴儿帮你把小白花挂在树上。你没有摆供品,只是一个劲儿地往溪水里倒酒,直到酒瓶空了。你说,你想念他们。起初,孩子们不明就里。后来,你把那些事情说了出来——那是让你刻骨铭心的一场海战。一说起来,你就难以打住。这个故事,说了多年。孩子们说,你那样子,像评书人说起三国周郎,像祥林嫂讲起阿毛。

你没责怪他们。很多年前的事情了,怎么能要求他们跟你一样呢!

年前,老伴儿走了,所有的事情都留给了你。你想,这个清明,你也要给老伴儿烧烧纸，难得她那么懂你。你的命是那些战友给的，我们要像供奉先人一样记住他们。老伴儿这么说，也是这么做的。这一点，孩子们是无法做到的。

不过，孩子们也很懂事，他们执意要送你回去。你不肯，都是有工作的人，不能老耽搁。你告诉他们，说你一个人能成。在走之前，你去了一趟裁缝铺。

你回来了。过那条小溪，你就到家了。你坐下来歇息。溪边草丛里或红或黄的野花开遍了，一盏一盏如歌般灿烂！

以前，你常一个人在溪边。你也不多想，就喜欢看那溪水从你面前流过，流向远方……

今天，你不想在溪边久坐——你有事情要做。你朝着绿荫深处喊，阿黑。一团黑影从绿树丛里冲出来，涉水而来，很快就到了你的跟前。是你的阿黑！它冲你摇动毛茸茸的大尾巴。你们像久别的朋友一样，你轻拍它的头，它轻蹭你的腿，很是亲切。

你带着阿黑从浅水里走回去，那水浊了一股，不过很快又变清澈了，水底的卵石清晰可见，软泥上还有硬壳的甲虫在爬动，闪闪地亮。

你不想去惊动它们，这样的美丽和安宁令人向往。当年，你们忍受着眩晕，冒着炮弹的攻击，所求的就是这种幸福和安宁。只是那时，这种简单的幸福，也很少降临。

那时候，敌方疯狂地发射炮弹。战士们想在被窝里眯上一会儿，或者安静地回想无所事事的童年也是不可能的。一艘船中弹侧翻，你就在那船上。

等你醒来，面前是一个雪白的世界。刺鼻的来苏味让你感觉很不舒服。后来你才听说，为救你这个最年轻的海军战士，很多战友魂归大海。

随后，你要求再上前线，只是你的腿很不听使唤。部队首长说，你好好活着,就是对他们最好的纪念。

你回了家乡,娶妻生子,日子过得平淡,雷打不动的是小溪边的祭奠。这一次也不例外,你买了白纸,折了白花。你还准备做几身衣服。你照着裁缝画的样子,用废纸一遍一遍地试,终于还是赶在清明前做成了。

清明一早,你就起来了。如今老伴儿走了,儿女不在身旁,你得一个人去上坟,去小溪边祭拜。你想好了,让阿黑陪着你去,这样也不孤单。正想着,屋外响起阿黑汪汪的叫声,出门一看,老大老二老三老幺齐齐地站在你面前! 他们说,爹,今天放假,我们陪着你。

你的泪泛滥如村头的那湾溪水,耳畔满是孩子们强有力的"一二一"……

一个老兵的签名

○樊碧贞

新兵下连时,他被分配到卡苏里哨所。

其实,他最想去汽车连。开墨绿色的大汽车,在高原上奔驰,多带劲。不过,现在这个愿望是无法实现了,他要随给养车上哨所。

已是6月,透过车窗他却看到了远处山顶上的积雪。他突然兴奋地哼起了歌儿,司机直摇头。

车不能往前开了,他必须徒步上山去。凝神一望,他不禁吃了一惊,来时的路全悬在峭壁上。一只被惊起的鹰掠过他的头顶,顺着岩壁冲向峰顶。

我也会上去的,他攥紧了拳头。

他浑身是劲儿,真得感谢新兵连那阵儿的队列、擒敌战术和体能训练。那时候的训练很苦,一天下来,大家趴在床上不想动。有的兵上厕所蹲下去就起不来,非得旁人架着胳膊才能站起。他很用功,各项考核都是优。

有备而来,自然不怕。终于,他看到了哨所前迎风飘扬的红旗。他想再往前走几步,却挪不动脚。胸腔里的肺如同炸裂般难受,以至于他不得不弓着身子蹲下去。那一刻,他明白了司机为什么摇头。

有个人迎了上来,立正,军礼。没有过多的介绍,两双手紧紧地握在了一起。然后,他背上的背包被取了过去。

别紧张,这是高原反应,过一阵子就没事了。他知道,说这话的是老兵。

哨所只有他和老兵。听给养车的司机说,老兵已经在这里守了四年零六个月。按例,每两年这里就会送走一位老兵,也会迎来一位新兵。他很纳闷,这个老兵为什么不挪动地方。

哨所的生活很单调。每天天一亮,老兵就带着他去巡山。

老兵总走在前面,背挺得很直,他做不到。已经上来一段时间了,但每次巡山到这里,他还是感到呼吸困难,头痛。他很奇怪,黑瘦黑瘦的老兵,脚下怎么就那么有力。

这里,是卡苏里哨所的最高处。

每次走到这里,老兵都会歇上十来分钟。老兵招呼他上去。他总是摇头。那顶上除了有雪,什么都没有。不过,老兵上去了,站成了一棵笔直的树。

等老兵下来,他把自己的感觉说了,老兵只是憨憨地一笑:你上去就知道了。

那上面究竟有什么呢? 非得要上去才知道。

老兵不愿说,他也不好强求。只想,等自己感觉好些,一定上去看看。

有一天,他忍着不适,爬上去了,顶上却什么也没有。他有些生气,责问老兵为何捉弄人。

老兵不生气。拉了他一把,站这儿看,往远处看。

看到什么了?

只有连绵不断的山。

还有什么?

茫茫的雾。

还有什么?

没有了。

怎么会呢?

应该看得见竹篱小院,屋旁有高高的草垛儿,还有两只母鸡躲在草垛下。旁边,青竹竿上有还在滴水的衣裳……

可是这些,他根本没有看见。该不会是老兵的幻觉吧。

他攥了攥老兵的胳膊。老兵回过头来,眼里竟然有了泪花。

莫不是老兵想家了? 他的好奇心一下子上来了。

那个竹篱小院是你家?

老兵先是摇头,后又点了点头。

他更是一头雾水,想再问点儿什么,老兵却说,回去吧。

他跟在老兵身后,从夏天走进冬天。

下雪了,好大的一场雪。躺在哨所里,也能听到外面雪花飘落的声音。他睡不着,他知道老兵也没睡。

也不知道咱老家下雪没有? 他自言自语。

想家了? 老兵搭话。

有点儿。你呢?

想。

你在这儿都四年多了,已是超期服役了。为什么不下去呢?

老兵没有回答,却给他讲了一个故事。

在老兵还是新兵的时候,这哨所里也有一个老兵。那个老兵每天会带着他去巡山,每次也总走在他的前面。老兵的背挺得很直,每次经过山顶的时候都会待上十多分钟。他跟着上去看过,什么都没有。

我看到的跟你一样。他接过话茬。

但那个老兵看到的不一样。

为什么呢?

当你心里装着一个地方,再远的地方都能看到。

那个老兵呢?

他永远守在了这里。本来开春他就要下山去的,那个竹篱小院等着他。谁知道下了一场大雪,我们去接应山下送来的给养,他走在前面,意外地滑下去了……老兵的声音有些哽咽。

他接过照片,真的就看到了那个竹篱小院,高高的柴垛儿,还有两只母鸡躲在草垛下。旁边,青竹竿上有还在滴水的衣裳……

背后有一行字:守好这个家。落款:老兵!

乡村种稻的父亲

○樊碧贞

这次，我决定不接受父亲的安排。以前，我一直听他的，现在，我决定自己做主。

父亲老了。他的头发已经花白，腿脚也不如当年那么灵便。无情的风霜在他的脸上刻下道道沟壑。看着他瘦削的身影，我心里不好受。

我二十岁了，有着壮实的身子。照老辈人的话说，担得起粪桶了。可长这么大，除了农忙时回来帮点忙，我压根儿没干过什么农活儿。父亲从没要求过我。在他的眼里，我有更重要的事情要做。那就是读书！就像现在，父亲依然坚持着他的想法——送我去复读。

孩子，别泄气。一次不行，咱考第二次；二次不行，咱再考一次。对父亲来说，这就像他在庄稼地里撒下一把谷、栽下一行秧一样自然。

我心里却很难受，走着走着就落下了。远远地，还能望见父亲的身影。以前，父亲送我，地面上总能见到两个高矮不一的影子，高的是父亲，矮的是我。而今，长高的是我，压垮的是父亲。

父亲走得快，显然不知道我有心事。

爬上一个垭口，父亲停了下来，坐在一块石头上，端起水烟锅，咕嘟咕嘟地抽起来。

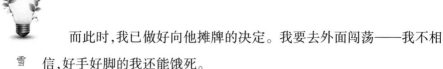

而此时，我已做好向他摊牌的决定。我要去外面闯荡——我不相信，好手好脚的我还能饿死。

爹，我不去读书了。我壮起胆子说。

你说啥？也许是太感意外了，抽烟的他被呛得剧烈咳嗽起来。

我没敢再往下说。见爹咳得满脸通红，这个时候，我宁愿他骂我一顿，或者打我一巴掌出出气。然而，父亲没有。

那天下午，父亲破天荒地要求我和他一起去田里割谷子。稻田里，满眼金黄。没有风，树上的蝉卖力地唱歌。我很不喜欢它们的这种聒噪。

割谷子不是一件容易事。同样是一双手，父亲很快把我甩在了身后。他手里的镰刀似乎锋利无比，他一伸手，稻子便顺从地倒下了。而我，每割一垄，得费九牛二虎之力。那尖利的稻叶，在我身上留下了许多伤痕，被汗水一渍，生疼！我的手臂和腿上还起了不少红疙瘩，痒得人心烦。我不停地抓挠着。

你做不了！父亲的语气不重，却有千斤砸在我的心上。是呀，如果我就此住手，父亲肯定不会同意我进城打工。我不要这样的结果，我得坚持。虽然，我的心思不在这里。眼前的庄稼地，只能喂养我和父亲的胃，却不能满足我的梦想。我的梦想在城里，去那里我可以施展手脚干自己喜欢的事情。最重要的是，我能养活自己。父亲也不必再为地里的收成而忧心。他可以坐在院子里惬意地抽上一锅烟或者喝上二两酒。

父亲很少有空闲。地里的庄稼要浇水、施肥、打药和收割；我读书更需要他挣钱支撑，日复一日的辛劳，让他过早地斑白了头。我劝过他，让他放弃种稻子，他不肯。

我的三伯、我的二叔和婶娘，还有我的同姓异姓兄弟姐妹，先我一步离开了村庄，走向完全陌生而又充满诱惑的城市。既然目不识丁的叔婶都能在城里立足，我更能在城里站稳脚跟。

第二天，我走了！村庄里蔓延的野草，翻滚的稻浪，还有清新的空气，都远去了，就连父亲沉默的身影也逐渐模糊在视线之外。

当林立的高楼出现在我面前的时候，我像久困沙滩的鱼突然回到水里一样，抑制不住心头的欢愉。

我开始在离家几百里的城市里穿梭。在匆忙的清晨，喧闹的黄昏，在汽笛的嘶鸣和车辆的尘嚣中，我怀揣薄薄的一页纸在城市里行走。

你不合适！

我们这里已经有人选了，请到别处试试！

几个月来，我得到的是近乎一样的答复。那些透明的玻璃窗将我挡在了门外。窝在逼仄狭小的出租房内，茫然的我无助地盯着那摇晃的灯发愣。窗外突然响起声声蝉鸣！

就是这阵阵蝉歌，把我的思绪拉回到乡村，拉向小院人家和炊烟的深处。我想起老家的稻田，想起了稻穗散发的清香以及那个小小院落里瘦弱的身影。

我用颤抖的手拨出了一串号码。爹，我想回家……

来自星星的你

○郭震海

清晨,完整的阳光被都市林立的高楼分割开来,四分五裂形成无数个光柱。一束阳光很倔强地穿过高楼的某个缝隙来到狮子巷,照在一户人家的窗户上,这户人家因有了阳光而显得生动起来,昏暗的客厅,亮堂了许多。户主宋雨涵坐在窗户边,头发在阳光下镀了一层金。他打开电脑,望着窗外,仿佛在思索着什么。许久,一只鸽子拖着悠远的哨音飞过屋顶,或许是被那迷人的哨音惊醒,他开始刷新电脑页面,登录微博。

"到底是去澳大利亚?还是去威尼斯呢?好生为难,我对两地都很向往。"

发完这条微博后,他开始等待那蜂拥的"围观"者来"灌水",他相信用不了几秒,评论者就会无数。他不断刷新着页面,迅速上升的访问量,不断变幻的数字让他眼花缭乱。他喜欢这样的感觉,他在享受着这虚拟世界带来的快乐,围观者越多,他越开心。

在网友眼里,他是真正的"高富帅",有花不完的钱,住着最豪华的别墅,享受着最奢侈的生活。他精通世界三十多种语言,晓得国内二百多种方言。他每天都在为游玩犯愁,周游世界,书写微博仿佛就是他生活的全部。

他拥有百万忠实的"粉丝",他会随时随地发微博,他给网友们讲述在纽约街头吃中国小吃;在巴黎的埃菲尔铁塔下看壮观的"星光闪烁";在南非太阳城穿过"时光之桥"。网友们随着他旅行的脚步畅想或互动。

"爆个照!"有网友留言。

"对,爆照!"别的网友跟着起哄。

他真的发出图片。图片中的他很帅,很阳光,总是一副笑眯眯的表情,仿佛微笑就是他五官中不可分割的一部分。

"你是都敏俊吗? 你来自星星吗?"一个女孩留言问。

"都敏俊?"宋雨涵看到这个名字后愣了。

通过搜索后他才明白,都敏俊是韩国电视剧《来自星星的你》里的男主角。这部风靡一时的穿越剧,讲述的是一个叫都敏俊的外星人,生活在现代已经四百多年,保持着和初到地球时一样年轻英俊的外貌,并拥有着超凡的能力,因阅尽人世沧桑而封闭心门,直到遇到一个叫做千颂伊的地球女演员,才上演了一段学会爱与被爱的浪漫爱情故事。

"不,我不是都敏俊,是宋雨涵,独一无二的宋雨涵,我就生活在地球。"他回复。

"不,你就是来自外星,你英俊潇洒,精通世界三十多种语言,晓得国内二百多种方言,我喜欢你,我希望自己是千颂伊。"对方说。

或许从那时起,"来自星星的你"仿佛成了他的另一个名字,越喊越响亮。有网友在论坛发帖:"来自星星的你有了现实版,他的名字叫宋雨涵,精通世界三十多种语言,晓得国内二百多种方言……"帖子如烈火般蔓延开来,而且火势越来越烈。

"这肯定是个官二代,要不他哪来那么多钱周游各国?"有网友说。

"应该查查这个人的老子,说不定是一只'大老虎'。"有网友说。

烈火便从网上迅速蔓延到现实世界,报社和电视台的记者开始介入。

宋雨涵消失了,一个月没有更新一条微博,曾经那个露着阳光般微笑的男孩就如人间蒸发一般。网上追随他的粉丝们在疯狂地寻找他,现实中成批的记者在寻找他,甚至有高手通过微博锁定了他的确切地址:狮子巷。

这一天,大批的媒体记者涌进这个隐藏在都市深处,平时几乎没有人光顾的偏僻小巷。

这一天,大批的粉丝通过网上联络,集体组织而来,他们手里举着牌子:"寻找来自星星的宋雨涵!"

这一天,寂寞的狮子巷比以往热闹了许多,并不是因为媒体记者和网友的到来,而是有一户人家办丧事。灵棚搭在巷子口,哀乐声声回荡在小巷中。

记者向路人打探"宋雨涵"。一位年迈的老太太听了,用手指指灵棚说:"棺材里装着的就是。"记者不解。老太太说:"整个小巷子就一户姓宋的,户主叫宋宇憨,外号叫'老憨儿',已经八十岁了,十天前刚去世。"

"上帝啊,这怎么可能,'高富帅'怎么会是一个糟老头?"大家惊呼。

"如果真是如此,这个老头就是欺骗。"有网友指责说。

"你们找的宋宇憨就是他,不会有错。"一位中年女士说,"这老头子原来在大学里当教授,老伴儿死得早。他退休后,两个女儿也出嫁,留下一个孤老头子很可怜。十年前就被查出癌症晚期,医生说他最多只能活半年,他却活了十年,每天足不出户,坐在窗边抱着一台电脑,仿佛吃了啥灵丹妙药,精神好得很。有人问他一个人怎么这样开心,他说，我每天都在周游世界，又有万人陪护怎么会寂寞呢！别人都说他疯了。就在十天前，他突然就过世了，没有任何征兆，死在电脑前。"

"电脑！"有人喊。

"对，这个主意不错，只要找到他的电脑，就会真相大白。"有人响应。

在记者苦苦哀求下，老人的女儿才同意打开了父亲生前用过的电脑。电脑桌面上有一个文件包，打开后全是发出的微博内容，最后一条没有来得及发出：

"对不起，我确实不是'高富帅'，只是一个孤老头，是你们给了我十年生命，是你们给了我战胜病魔的勇气，是你们给我孤独的晚年带来了无尽的快乐，我发自内心感谢你们。我没有想到你们会寻找我，我感到害怕，感到恐惧，我不知该如何向你们解释，只想说：请求原谅，人人都会老，上了年纪最需要的不是金钱，而是陪伴，如果没有你们，或许我早已不在这个世界了。作为儿女请多抽些时间陪陪年老的爹妈吧，其实，人越老越像孩子，都有一颗好奇的心，渴望呵护，渴望被关注。"

大家看完这段话后，默默无语。

迷途者与狼

○郭震海

故事依旧发生在簸箕庄。

漆黑的夜,在该庄的后山,阴森的丛林,一匹行走的狼。

它是一匹地地道道的北方狼,在没有狮子和老虎的北方丛林,狼就是王。

狼喜欢站在某一块高大的石头上,发出高亢的呐喊去证明自己的存在。

狼习惯用王者的姿态去审视远方。这匹狼走得不紧不慢,不慌不忙。

小达理这时正蹲在黑暗中,他听到荒草的轻微响动后想到了狼。

小达理蹲在地上屏住呼吸,他知道狼朝着他的方向走来,他担心它会伤害他。

其实,狼很早就注意到黑暗中的小达理。灵敏的嗅觉告诉它前方是一个小伙子。它注意着他的一举一动,它不敢贸然行动,它担心他会伤害它。

达理想起爷爷在世的时候常讲,狼是不伤人的。在国外,北印第安人的神话中,狼是主宰动物界的"长者"。它可以召集自己的伙伴儿和同类,命令它们去帮助神话里的英雄。

达理明显感觉狼离自己越来越近。

咚咚,咚咚——

达理听到自己狂烈的心跳声,在寂静的夜,声音大得仿佛震天动地,更要命的是,此时他还光着屁股。

按理说,从小在山里长大的孩子是不会迷路的,可他今天迷路了。傍晚,他去给老张叔家送牛,返回时,想翻山抄近路,那样和走大道比起来至少要少走五里路。结果天越来越黑,黑暗中他走得浑身是汗,几个小时过去了也未能走出丛林。漆黑的夜里,在密不透风的林木中,他辨别不清方向,甚至看不到天空。

他累了,坐下来休息,肚子一阵蠕动。他起身选择一棵树下,蹲下方便。也就在这时他听到了狼的声音,他光着屁股,蹲在原地不敢动。

狼望着达理。在狼的世界里没有真正意义上的黑夜,它喜欢在漆黑的夜里撒欢,喜欢在漆黑的夜里自由行走。黑夜让人感到恐惧,黑夜是狼的天堂。

在离达理有一米远的地方,狼的脚步放慢了,停下了。它看到了达理光着的屁股和额头上的汗,它嗅到了达理的呼吸,那是过分紧张下的呼吸,吹过来的是湿漉漉的气流。

达理如一个盲者,他无法辨别狼与他的距离,通过声音判断他知道狼离他已经很近,或许就在身后,他紧张得厉害。他生活的簸箕庄就在山的脚下,自从山上的植被受到保护后,就有了狼,甚至有狼在白天大摇大摆进过村庄,偷一只鸡或小狗。可那是在村子里,在白天。现在在丛林中,这里是狼的地盘,狼的村庄,他属于误闯者,冒犯者,是孤立的,是危险的。

狼盯着达理,它慢慢趴下了,小心翼翼,没有一丝声响。它用两只前蹄垫着头,目不转睛望着达理,就像一个淘气的孩子用手托着腮望池塘里行走的鱼。

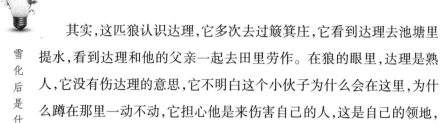

其实,这匹狼认识达理,它多次去过簸箕庄,它看到达理去池塘里提水,看到达理和他的父亲一起去田里劳作。在狼的眼里,达理是熟人,它没有伤达理的意思,它不明白这个小伙子为什么会在这里,为什么蹲在那里一动不动,它担心他是来伤害自己的人,这是自己的领地,它必须提高警惕。

漆黑的夜,茂盛的丛林中,面对一匹狼,没有声响比有声响更让人紧张。达理感觉自己快坚持不住了,他双腿发麻失去知觉,随时都有坐在地上的危险。他一只手提着裤子,另一只手托着地,他无法看到狼此时在干什么,他无法预料狼何时对他发动攻击,他感觉喉咙干得厉害,他想咳嗽,但不能。他使劲儿咽着口水去湿润那仿佛就要冒烟的喉咙。

狼望着达理,它有足够的耐心,它无法明白这个小伙子要干什么,它看到他的手放在地上,它担心他的手里有东西,可以杀伤它的东西,它的毛发竖起,眼睛放大。曾经无数次面对奔跑的山羊,甚至野猪,它从来没有像今天这样紧张,它在想或许他不会伤害它,可又感觉不可能。狼很矛盾,如果现在扑过去,自己肯定会胜利,它不想那样干,如果小伙子没有伤害它的意思,它不愿意去伤害他,因为他不同于一只山羊。狼使劲儿盯着小伙子的眼睛,它想从他的眼神里发现些什么。

"一个人走夜路遇到狼,一定要镇定,要真诚,要让狼知道你是不会伤害它的,千万不可蛮干,否则吃亏的是人。"

达理想着父亲说过的话,他不知道此时该如何去表达真诚。他恐惧,累,腿酸痛,他流下了泪。

狼看到了他眼里滚落下的泪水,它抬起了头。它迅速回望了一下身后,有足够的退路,它想试探一下小伙子,它轻轻用一只前爪子在地上划动落叶。

沙沙,沙沙……

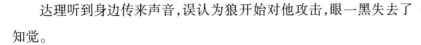

达理听到身边传来声音，误认为狼开始对他攻击，眼一黑失去了知觉。

"扑通——"

狼被达理的倒下吓得呼地一下站起，毛发完全竖起，血液周身膨胀，它做出了随时扑过去的准备。然而，倒下后的达理没有了动静。

狼再次安静了下来，望着一动不动的达理，好久，好久。狼慢慢感觉眼前的小伙子不可能伤害它，它试探着起身，前行，他一动不动。

狼走到了小伙子身边，试探着伸出前爪碰了碰他，他依然一动不动。

会不会死了？难道是自己的举动吓死了他吗？狼似乎很忧伤。

狼凑近小伙子的鼻子，嗅到了他有微弱的呼吸，它伸出舌头舔他的脸，它希望他醒来，想起自己无数次进村庄，偷鸡吃狗，村庄里的人从没有伤害过它，今天小伙子来到了丛林，这是自己的地盘，它感觉自己慢待了他，它舔着他的脸，越想越忧伤。

后来，狼紧贴着达理卧下了，因为山里的雾气开始湿漉漉地弥漫开来，它想为小伙子遮挡湿气。一直到鸟儿欢叫的凌晨。

爷爷的村庄

○郭震海

"天津到底有多大啊?"德胜爷爷问我这句话的时候,我一时不知道应该咋回答。

德胜不是我的亲爷爷,只是一门远房亲戚,母亲告诉我论辈分算我应该喊德胜为爷爷。因为平日里少走动,显得很生疏,应该说在我记忆里已经忘记还有这样一个乡下爷爷。

今年"十一"假期,母亲说她想去看看村子里的人,当时我听了极不情愿,好不容易才放假七天,回乡下干吗啊? 母亲生气了说:"你整天待在城里,都忘了本了,你要记住你是黄土地里长出来的娃,是五谷杂粮把你喂养大的。"看到母亲生气,我只好答应。

我们从市区出发乘车走了近四个小时,最后长途客车气喘吁吁停在一个偏远的小镇,司机说到站了。我搀扶着母亲走下车,沿着曲曲折折的乡间小道,向更为偏远的山里走去。

到达一个叫槐树岭的小村,已经接近黄昏。成群的鸟儿开始归巢,夕阳的余晖洒在高大的树梢上,大树仿佛在如血的夕阳下燃烧。德胜爷爷看到我和母亲后,愣了半天,手里拿着的两个玉米棒子掉在地上,或许他不敢相信我们会去看他。

"我不是在做梦吧?"德胜爷爷自言了一句后,突然回过神来高呼:"他娘,他娘,你看谁来了!"屋子里一阵响动,一位老太太出来看到我们后,激动得腿都在哆嗦:"哎哟,大老远的,真稀罕了,快进屋、进屋!"

晚上,德胜爷爷烧火,老伴儿做面,母亲在一旁帮忙。我没事,沿着村庄走了一圈。村庄看上去不算很小,估计有一百多户,奇怪的是人很少,偶尔有老头老太太提着荆条编制的篮子走过,他们用异样的目光端详着我这个陌生的人。

吃晚饭的时候,德胜爷爷说,村子里人并不少,五百多口人,在方圆算是大村,只是每年一开春,雪没消尽,地没解冻,年轻人就开始浩浩荡荡地离开村庄,他们涌向北京、上海等城市,过年的时候才回来,一年内村庄里留下的只有老人。德胜爷爷说,他的两个儿子带着媳妇都在天津打工,说在什么糖果区。我听了说:"是滨海新区吧?"德胜爷爷说:"是哩,是哩!"他说着不吃饭了,放下碗筷,从枕头下面拿出一个白色的塑料袋,一层层打开后,是两张照片。一张照片上是一家三口,背景是天津意大利风情街,在意式建筑风格的小洋楼前,照片上的人显得很精神,也很开心。另一张是一个年轻小伙子,背景是天津市滨海新区的东方大道。

德胜爷爷说,三个人那张是大儿子、儿媳妇和孙子;单人的是小儿子,还没有成家。他们都在天津做工。我从德胜爷爷的眼睛里看到的是说不出的自豪。老伴儿在一旁说:"别理他,两张照片像宝贝似的,动也不让人动,见人就拿出来显摆。"德胜爷爷问我:"天津有多大啊?"我一时不知道咋回答,我说:"天津很大。"德胜爷爷满脸乐开了花说:"当然是很大了,过去,手提包上不是印着'北京'就是'上海',还有'天津',娃们回来说都大得都连着海了。"他老伴儿说,大儿子是建筑工,小儿子是木匠,娃们在外也是受苦哩。德胜爷爷不爱听了,说:"能为大城市做贡献,那是咱娃的福气,如果娃要修天安门,我涂上脸穿上蟒袍敢唱三天戏。"他老伴儿说:"嘚瑟死你啦,天安门早有了,还用得着修。"德胜爷爷一时不知道说啥,想了半天说:"我说的是维修,维修,你懂不?"他因为突然想出"维修"这个词,高兴得像个孩子。

第二天上午,我和德胜爷爷来到他家的玉米地里,他高兴地领着我转了好几块田地,累了就坐在石头上抽烟。望着成片的玉米地,他突然叹了一口气说:"娃们能走的都走了。"德胜爷爷问我:"如果都向城里跑,都不种地了,吃啥?过去粮食为纲,现在都抓钱哩,地都荒了。"我一时无语。他抽了几口烟告诉我,前几天,憨则老汉一口痰噎着,死在了地里。憨则老伴儿为了不惊动城里打工的娃们,在村里老人的帮助下,挖了一个土坑,棺木都没有就埋了。冬海他娘是个哑巴,八十岁了,儿子都在外打工,死在老屋里三天了才被人发现。"这一年就走了七个老人啊!"德胜爷爷扳着指头数着,眼里满是泪水。德胜爷爷问我:"城里真的很好吗?"我说:"除了高楼就是车,一点儿也不好。"他说:"不好,都还往城里跑?"我说:"我带你去城里看看吧?"德胜爷爷说:"不了,我死了就埋在这片地里,我是种田的,活着种田,死后也要躺在地里看护庄稼哩。"

十月二十二日,一个平平常常的下午,突然有消息传来说德胜爷爷走了,突发脑出血死在自家的地里。当时,老伴儿抱着他的头使劲儿呼唤:"你走了留下我咋办啊?啊——"德胜爷爷用最后一口气吃力地告诉老伴儿,死后千万不要惊动娃们,树叶黄了就要落,娃们在为大城市做贡献哩,出息着哩!

我听了这个消息后,泪水夺眶而出。都说养儿为防老,为了生计,年轻人纷纷涌向城市,孤独的老人们坚守着被掏空了的村庄,那些生养我们的白发爹娘啊,或许将成为村庄最后的见证者,直到孤独地离去。

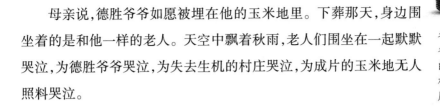

　　母亲说,德胜爷爷如愿被埋在他的玉米地里。下葬那天,身边围坐着的是和他一样的老人。天空中飘着秋雨,老人们围坐在一起默默哭泣,为德胜爷爷哭泣,为失去生机的村庄哭泣,为成片的玉米地无人照料哭泣。

放　水

○陈茂智

古贝村接连开了三天全体村民大会选人出来看水，都没有结果。

村干部在这期间，找遍了村里先前看过水的人，大道理小道理外加丰厚的报酬——一年两千五百斤干谷，可还是不起作用，没有人愿意承担这份差事。

这可难坏了村主任德祥。

天旱露了旱象，河坝一直漏水，渠道也裂了不少口子，水就日渐少了。村里田地又广，且高低不一，离水源远近不一，放水时的矛盾就多了。

德祥见没人出来看水，忍不住骂了句娘，他在散会时说，再选不出，我这被逼上梁山的村主任也不干了，这几个月就算义务，粮食补助村干补助我都不要了！

村主任走了几步，就又回转头，冲那些呆愣着的人喊，明天一早还开会，再选一次！再选不出人看水，我撂挑子打工去，看你死还是我死！

第二天开第四次村民大会，粮食补助提到了三千，还是选不出人来看水，村主任德祥当场就骂了娘。

这时，到县城取了工资回来的退休局长落实叔走过来，问清是咋回事之后,就说何不学学人家报上登的,村上的党员干部轮流看水。村民们都说好,都说还是在城里当大干部的落实叔有办法。可接下来就炸了锅,先是支书的婆娘和儿媳妇闹。支书早几天就跟德祥讲,跟儿子一起运了两车木材到外地卖,来开会的当然是他婆娘和儿媳妇。支书婆娘说,当党员当干部咋了,是不是又像先前那样打冲锋堵枪眼当炮灰死光了你们才高兴?支书儿媳说,党员干部算个啥东西,有吃有喝有钱花了咋不记着人家党员干部了,一有了麻烦事扯不清就想着人家是党员干部?

几个人一交上了火,就没个完。德祥屁股一拍,骂着娘要走,被落实叔拦住了。落实叔大喝一声说,都给我住嘴,这么点儿事闹来闹去像什么话!实在没人看水,我来!我看怎样个堵枪眼当炮灰!

落实叔说,三千斤谷就算了,给一千五吧,头季二季一起算,也只花三个来月时间,一个月有五百斤谷,到哪儿能捡这号便宜!

德祥握住落实叔的手,感激地说:"你这是给我个面子,你缺啥?在城里有吃有喝,回村来这些日子你给村上干的事还少吗?哪桩事你占便宜了?唉,这村里呀,捆死了待在村里扒食的人不急村上的事,倒让你们这些回来休养的人来操心,这人可是咋啦?"

落实叔领了这份差,一回去就遭了骂。

桂子婶说,你吃饱了没事干是吧?华仔在城里开饭店,叫你收钱看看场子你怎么也不去,还有金铃子那舞厅让你看看门验个票你干吗又不去?华仔和金铃子可是你的亲儿女,你不操心,偏管这扯不清的麻烦事?

落实叔就吼,给乡亲们看看水怎么是麻烦事,你不要翻了身忘了本。当初你带华仔金铃子在家里种田,还不是村上人给操劳?你呀,你当我是哈巴狗,见了那些坐小车拿公款吃五喝六醉得东倒西歪还得给他们赔上两杯,见了他们搂着年轻女娃旋呀转的昏昏晕晕摸呀捏的还得赔着笑脸请他们再来！

桂子婶鼻子一哼，好，你能，看你能不能干到最后！落实叔一早看水回来，就找到了村主任德祥。他说，德祥，你得派人把渠道给补补，到处漏水哩！

德祥说，知道！可拿什么补呀？

落实叔说，实在没钱，我先拿出来点儿，买两包水泥回来，先把渠道补好。德祥就说，那当然好，那我就安排人去买水泥。

吃了早饭，德祥耷拉着脑袋来还钱。落实叔问，咋啦，怎么回事？

德祥说，派不动工哩！好歹叫上了两个人去买两包水泥，都说要二十块工钱。

落实叔一听也急了，水泥不也就二三十块吧，这工钱……唉，这是自个儿的事呀，怎的就支派不动，还张口要钱呢！

德祥说，给钱人家还发愁呢。你想想，去镇上一个来回，可是四十多里山路呀，车又进不来，得用肩膀挑呀！

落实叔一想也是这么回事，就又叫桂子婶拿了二十块钱添上。德祥一走，桂子婶又说开了，你呀，你当你是开了银行，你是大老板大富豪啊？不就几个养老的退休金嘛，你可得省着点花，别往那老虎嘴里乱撒！

落实叔被哽得脖子一伸一伸的，又不好发作，只叹了口气，扛把锄头出去看水去了。

中午回来时，落实叔的脚一跛一跛的。

桂子婶一惊，问：咋啦？

落实叔把锄头一放，镰刀一丢，坐在椅子上，朝桂子婶把脚一伸，说，给我嚼些凤尾草敷下脚板吧！

桂子婶一看，见他那只脚板血糊糊的。用布擦了擦，见脚板上划开好长一道口子，就问他怎么惹的。

落实叔说是修沟时,踩着烂农药瓶了。桂子婶说,唉,叫你……哼,不说了,省得你说我啰唆! 就从落实叔手里抓过那把风尾草塞进嘴里咀嚼起来。

落实叔养脚伤这两天,村上因为放水差点儿出了人命。

事情一出,就有人说起落实叔的不是来。落实叔就骂桂子婶不去顶替他看水,闹出这种事来。他顾不得脚伤,再也坐不住了,扛了锄头,脚一跛一跛地又在田埂上转悠着看起水来。

秋收之后,落实叔总算看完了水。

落实叔一身晒得黝黑,已看不出一点儿城里当官人的影子。因为看水,他还跟很多人争过嘴吵过架,用桂子婶的话说,一村的人都叫他给得罪了。

谷子晒干要进仓了。该收看水谷子了,可德祥和支书都说要想法挣点过年的钱,一个南下打工去了,一个一心一意做起了木材生意。没有人管了,这看水谷子也就没了办法收上来。

好在还有一些人讲良心,看着落实叔这些日子苦呀累的,就帮他咋呼,帮衬着挑了箩筐一户户去讨。

最后收拢来,总共才千把斤谷。谷子毛毛,里面满是秕谷和老鼠屎。翻晒了两个晴天,风车里一转,吹出些秕谷,挑出些老鼠屎,已累得腰酸背痛。将一地的老鼠屎装在化肥袋里,一过秤,竟五十多斤!

欠下的五百斤谷都是不愿交的户。那借出买水泥的几十块钱,也没收回,欠的谷子也没着落,落实叔说算了,就算捐献给家乡做贡献吧!

谢 一 篙

○陈茂智

　　风城东有一山叫豸山,豸山上有一塔,叫凌云塔,塔下有一寺,叫豸山寺,古寺旁边有一渡口,叫东阳渡,渡口撑船的就是老谢。

　　在风城人的记忆里,东阳渡好像一直就是老谢撑船。老谢白发、黑脸、瘦身、驼背。见过的人说,他爷爷是这模样,他父亲是这模样,一直到竹篙子传到老谢手里,他也还是这模样。百十年里,人们就以为撑船的只有一个人,那就是老谢。

　　老谢撑船的功夫好,人称"谢一篙"。满满一船人上来,他说声坐好了,吐一口唾沫在手心里揉一揉,握了竹篙,瞅准了码头上那个年深日久篙头凿成的石窝,篙头稳稳地一点,"叭"的一声篙头与青石撞出一道火花,那船便又稳又快离了码头。老谢连船头也不转,借了码头那一篙的力,臂上用劲儿,让船翘着船尾,径直往对岸驶。待长长的竹篙到了尾梢,他嘿的一声吼,把篙头从码头上那石窝里抽出来,船箭也似的射向河心。他把篙横在肚脐上,那船就像长了眼睛直往对岸,没有丝毫的偏差。即将靠岸的光景,老谢把横着的篙子轻轻一扬,将篙头在河水里一划拉,那船顿时转了个头,一眨眼,便平平稳稳地靠在了对岸的码头上。

　　没有人不佩服谢一篙撑船的本事!

老谢与豸山寺里的性海法师很要好,法师怕他晚上守船受湿气风寒,专门给他辟了一处净室,在寺中留宿。因为法师不沾腥荤,而老谢却好鱼虾,老谢就在对岸另搭了一个窝棚,自己煮饭烧菜。老谢的水性好,灶上架好钯锅,才到河里去捉鱼。那些鱼好像是他养在河里的一样,他一个猛子扎进河里,要捉大的就捉大的,要捉小的就捉小的。他喜欢吃那些没鳞甲的鱼,像鲶鱼,像牛尾巴,像黄鸭叫,这些鱼肉质细嫩,味道鲜美。他喜欢现捉现煮,捉那么三五条,用大瑶河的水做清水煮鱼,再来一碗烧酒,喝得一张黑脸发红发亮。喝了酒就在船头吼山歌:

"送妹送到清水河,

哥捧凉水给妹喝。

妹喝一口哥一口,

口口吃妹莫丢哥……"

据说,老谢年轻时与风城一青楼女子相好,经常撑了船带那女子在河里四处走,还做大瑶河的红鲤鱼给她吃。那女子给他生了一个儿子之后就死了。他儿子在衡阳读书,后来到了江西,专跟政府军作对。老谢自那女子死后,一直没有笑过,性海法师见他每日愁眉苦脸的,就经常开导他:渡亦是度,渡亦是修,是为善,是为功德,是为赎前世罪、修来世福。法师说,放下红尘之怨,过属于自己的渔樵生活,虽苦,亦有乐……尽管有性海法师相邻为伴,老谢仍旧是没有笑容,没事就睡在船头看天;烦了,就吼那山歌。那歌野腔野调的,性海法师在寺里听了,摇头叹息,说老谢凡根未尽,尘缘未了。

1933 年 8 月,日军占领风城。一月内虐杀风城百姓 3134 人,伤9345 人,抢掠财物无数。

九月的一天,日军一个班十二名士兵从东阳渡过河,到竹园寨抢粮。回来的时候,抢得稻米三袋,红薯十余袋。当船行至河心时,老谢用篙头悄悄将船底戳穿一个洞,河水涌进船舱。面对惊慌失措的鬼子兵,老谢挥动竹篙,将锋利的篙头直插鬼子胸口,鬼子兵捂着胸口的血窝一个个跌落河中。当船尾的几个鬼子向他端枪射击时,老谢将竹篙在船头一点,腾身跃起,竹篙弯成一张半月形的弓,老谢凌空弹射出去,落入数十米远的河水中,眨眼不见了踪影。

有人说,老谢中了日本兵的子弹,落水后被巨浪卷进豸山脚下的岩洞;也有的说老谢没有死,他去北方寻找他儿子去了。

多年以后,《风城县志》对这事有这样一段记载:一九三十三年九月初七日,犯境日军十二名过城东东阳渡抢粮,返城渡河时,突遇风浪,船漏水倾覆,日军士兵悉数落水,无一人生还。渡工谢某不知所踪。

那一晚,豸山寺做了一夜的功课。木鱼声不绝,晚钟鸣响了九次。县志上显示,三天后,日军奉命撤离风城,望南而走。